Winterwende

Claudia J. Schulze

Für Daniela

© Claudia J. Schulze, Bilder: Mike Crawley, U.S.A.
Printed and published by BOD Books on Demand, Norderstedt, Germany
Lektorat: Matthias Ziebarth, Frankfurt am Main

ISBN: 9783848226764

Vorwort

In dieser Sammlung unterschiedlichster Geschichten geht es immer um das Eine: Um eine plötzliche oder sich schleichend manifestierende Wende im Leben eines Menschen.

Diese kann sich äußerlich oder aber auch innerlich andeuten.

Die Geschichten selbst könnten unterschiedlicher nicht sein. Dennoch kommen sie an der einen oder anderen Stelle immer wieder an die Wendungen und Zäsuren in all den menschlichen Lebensläufen zurück, die sie eben dadurch in dem bestätigen was der „conditio humana" zu Eigen ist: Die Wendungen, der Wandel an jedem möglichen Abschnitt unserer aller Leben.

Der Wandel als etwas Schmerzhaftes und doch zugleich auch als etwas Notwendiges, wie es unter anderem Hermann Hesse in seinem Gedicht „Stufen" beschrieb. Daher wählte ich den Titel: „Winterwende", um das prinzipiell Notwendige – und auch häufig positive Element – von Wandlungen und Wendungen hervorzuheben ohne dabei freilich zu unterschlagen, dass die letzte Wendung in uns allen ist.
Alles bewegt sich auf dieser Welt und ist einer ständigen Wandlung unterworfen. (Dalai Lama, 14.)

Auch hier ist der letzte Wandel, die letzte mögliche Wandlung des Menschen immanent. Doch im Wandel, so eine weitere Auffassung, befindet sich zugleich auch eine gewisse Konstante.

Daher beginnt gleich die erste Geschichte mit der nachfolgenden Aussage von Pirsig:

Während die Namen sich ständig ändern und die Körper sich ständig ändern, bleibt das größere Muster, das uns alle zusammenhält, auf ewig bestehen

Beginnen möchte ich mit vier Episoden aus den Beziehungsgeschichten der Studentin Luzie und ihrem Freund Martin. Luzie, auf der Suche nach ihrem Platz im Universum, macht so einige Wendungen durch, hier werden sie angedeutet. „Satori", „Moni", „Der Puppenspieler", „Besuch im Advent" und „Münsterglocken beziehen sich auf Luzie und Martin.
Die folgenden Geschichten sind voneinander unabhängig.

Einige basieren auf wahren Lebensgeschichten. Besonders bei ihnen sah ich mich an das oben erwähnte „große Muster" erinnert.

Gedichte und Geschichten wechseln sich ab, die Wende ist mal deutlich und mal weniger deutlich zu erkennen, ebenso das Muster,

Zuweilen sind Wende und Muster lediglich zu erspüren...

Heute, am kürzesten Tag des Jahres schreibe ich an diesem Vorwort mit dem Wissen darüber, dass dies ebenfalls eine Wende bedeutet. In diesem Sinne wünsche ich Ihnen gute Wendungen in Ihrem Leben, das Erkennen bestimmter Muster und den ständigen Mut zum Wiederbeginn.

Satori

Das Winter-Semester hat mit einem autonomen Kompaktkurs über die „*Krise der Rationalität*" begonnen, indem wir einen Film, der auf dem Buch von Pirsig „*Zen und die Kunst ein Motorrad zu warten*" basiert, besprochen haben.

Der Dozent hieß Jim. Bei dem Film geht es um die Verbindung von Ost und West.

Parallel lasen wir die Texte von Pirsigs: „*Zen, oder die Kunst ein Motorrad zu warten.*" Das Buch fängt ganz harmlos an:

„Ohne die Hand vom linken Griff des Motorradlenkers zu nehmen, kann ich auf meiner Uhr sehen, dass es halb neun ist..." Wenn es dann aber am Schluss heißt:

„Eines ist jetzt viel, viel klarer geworden: Während die Namen sich ständig ändern und die Körper sich ständig ändern, bleibt das größere Muster, das uns alle zusammenhält, auf ewig bestehen."

Läuft mir ein heißer Schauer den Hals herunter. Ausnahmsweise interessiert sich sogar Martin für das Buch und ich erzähle ihm, worum es in dem Buch geht.
Jim hat uns eine Zusammenfassung gegeben, mit der ich den Inhalt, so meine Hoffnung, Martin näher bringen kann.

Das Exzerpt ist sehr gut, sogar Martin wird verstehen, worum es geht, da bin ich zuversichtlich.

Die „Seekuh" ist hoffnungslos überfüllt mit Erstsemestern, die sich lautstark wichtig machen, aber unsere Konzentration ist so gebündelt, dass wir da einfach drüber stehen. Den Rest erzähle ich ihm dann auf dem Weg nach Hause.

Es geht um einen Mann, im Film gespielt von Robert Redford, der von Osten nach Westen durch die USA fährt und nebenbei über den Unterschied von westlicher Wissenschaft und östlicher Mystik reflektiert. Seine Suche ist eine Suche nach „Qualität", der „klassischen" und der „ästhetischen".

Das führt ihn schließlich zu den griechischen So-phisten, zu *Lao-Zi* und dem *dao* als dynamischer Qualität beziehungsweise dem Urgrund der Welt. Durch diese Erkenntnis wird er zuerst erleuchtet. Dann steckt man ihn in eine psychiatrische Anstalt. Zu Hause angekommen, nannte mich Martin seine kluge Gefährtin und küsste mich auf der Veranda.

Was war los? Sollte Martin durch das Studium mittlerweile doch geläutert worden sein, oder heuchelte er nur Interesse, um um sexuelle Zuwendung zu buhlen?

Mein Misstrauen war sicherlich angebracht, denn plötzlich fiel mir auf, dass Martin einen berechnenden Zug um den Mund hatte.

Zur Strafe tat ich so, als hätte ich sein Spiel nicht durch-schaut und erörterte ihm detailgetreu in weiteren langen Stunden die Brisanz dieses Buches. Ich ignorierte dabei den matten Glanz, den seine Augen mittlerweile angenommen hatten, sah über die Verwaschenheit seiner ermüdeten Gesichtszüge hinweg und fuhr fort, weiter und weiterzureden. Martin musste in dieser Nacht lernen, dass das Besondere an dem Buch gerade das ist, was eigentlich jeder langweilig findet, nämlich das Warten des Motorrades, welches die „klassische" Qualität ist, während das Motorradfahren an sich die „ästhetische" Qualität darstellt.

Diesen Sachverhalt stellt der Regisseur nämlich in das Zentrum seiner philosophisch und filmwissenschaftlich fundierten Dramaturgie und verdeutlicht dadurch, was Zen ist.

Ich glaube, das hat Martin endlich begriffen.

In dieser Nacht schlafe ich wieder unruhig. Ich träume davon, auf einem Motorrad um den See zu fahren.

Martin sitzt hinter mir und klammert sich kreischend an mir fest.

In einer besonders scharfen Kurve lässt er sich selbstquälerisch auf den Boden fallen und ich fahre rücksichtslos weiter.

Schuldbewusst wache ich auf.

Habe ich Martin intellektuell überfordert und werde ihn dadurch verlieren?

Ich beobachte ihn im Schlaf und präge mir, wie zum Abschied, bewusst seine Gesichtszüge ein.

Martin merkt von alledem nichts. Er liegt in einem dumpfen, traumlosen Schlaf, während sein Mund leicht geöffnet ist und kleine keuchende Geräusche von sich gibt.

Mit Aufwendung meiner letzten Kraft rolle ich ihn zur Seite. Tatsächlich, er atmet wieder ruhiger.

Völlig erschöpft nicke ich noch einmal ein, bis mich die Katze morgens mit einem penetranten Maunzen weckt.

Auch Martin reckt sich, tappt in die Küche und brüht sich Kaffee auf.

Die Kaffeemaschine röchelt. Während wir gemeinsam den Tisch decken, setze ich trotz leichter Bedenken meine Interpretation relativ ungerührt fort.

Martin wirkt resigniert, wie er so zusammengesunken und ungekämmt am Tisch kauert und sich wie ein Ertrinkender an der Katze festkrallt.

Ich ziehe das Exzerpt unter der Kaffeedose hervor und mache Martin klar, dass sich das Durchgangserlebnis „*satori*" erst dann einstellt, wenn man durch die Erfahrung des Festsitzens und der Langeweile den Weg durch die klassische Qualität gegangen ist.

Bei dem Wort „*Festsitzen*" zuckt Martin etwas zusammen und fast tut er mir leid.

Dennoch fahre ich fort und verdeutliche ihm, dass dies im Alltäglichen bedeutet, dass wir dann auf Lösungen kommen, wenn wir uns dem daoistischen „*Nicht-Tun*" überlassen, wenn wir also gar nichts tun als sich dem Unwissen wartend zu stellen.

Eigentlich dürfte der Martin nicht schwer fallen.

Ich fasse abschließend zusammen, dass aus dem Warten eines Motorrades ein Ritual gemacht werden konnte und dass das für all die Tätigkeiten des Alltags, die man eigentlich nicht gerne tun will, zu empfehlen sei.

Wortlos steht Martin auf und beginnt das Geschirr zu spülen.

Hat er am Ende doch was gelernt?

Zufrieden schreibe ich mir noch ein paar Stichpunkte zu dem Thema auf. Ich möchte es unbedingt weiterentwicken.

Martin hat sich noch mal hingelegt.

Moni

„Alle sind der Wiederkehr unterworfen und tragen die Wiederkehr in sich selbst."

Kurz vor Weihnachten fahre ich mit Felicitas nach Zürich. Zürich ist nur ein paar Minuten von Konstanz entfernt, zumindest, wenn man ein schnelles Auto hat, wie Feli. Sie möchte sich in der Aurorastraße ein Haus ansehen, das irgendein bekannter italienischer Architekt gebaut hat. Nach einer halben Stunde finden wir die Straße, die recht schattig ist.

Feli ist von dem Haus hingerissen, und ich starre ebenfalls in Richtung Haus in der ehrlichen Hoffnung herauszufinden, was an dem Haus denn so besonderes ist. Die Fenster sind abgerundet, und es wirkt ein wenig arabisch.

Vor dem Haus steht der Besitzer, ein steinalter Mann. Er entfernt in einer wahrhaft meditativen Haltung irgendwelche abgestorbenen Gräser aus dem winterlichen Boden. Ein Mops steht daneben. Feli verwickelt den Besitzer in ein Gespräch, und wir dürfen ums Haus herumlaufen. Vorher erfahren wir noch, dass der Mops eine Möpsin ist, Moni heißt und viel Liebe braucht.

Es zieht mich nach vorne, wo der Mann in seiner blauen Winterhose mittlerweile den Hof kehrt. Ich gehe in die Hocke und Moni watschelt erfreut auf mich zu, so dass wir kurz darauf einträchtig nebeneinander sitzen. Der Herr findet, dass wir ein schönes Paar sind, und Feli kommt hinter dem Haus hervor, um Moni und mich zu fotografieren.

Dabei fällt mir auf, dass die Farbe von Monis Halsband mit meiner Bluse übereinstimmt.

„Moni stammt aus der Zucht der Gräfin von Bismarck", erzählt uns der Besitzer mit leuchtenden Augen. Stolz fügt er hinzu: *„Sie ist Deutsche."*

Ich bin geehrt, Landsmännin zu sein und erfahre außerdem, dass bereits ihre Mutter Mimi, die leider schon lange verstorben ist, ebenfalls aus der Zucht der Gräfin von Bismarck stammte.

Nachdem Feli das Haus von allen Seiten mehrmals abgelichtet hat, gehen wir wieder, und ich sage zum Abschied: *„Ciao, Moni, wir werden uns nie wiedersehen."* Der Herr erwidert:

„Das hat vor Ihnen schon mal jemand gesagt, sie war auch Deutsche."

Er sieht mir nach, denn ich sehe wie er sieht, dass ich mich noch einmal umschaue. Feli sagt, dass man mit mir immer so verrückte Sachen erleben würde. Etwas ist, weil vorher etwas war. Ist doch klar – oder etwa nicht?

Feli tut so als würde sie mich verstehen. In Wahrheit ist sie aber, wie immer, nur an ihren Bildern interessiert.

Immerhin aber noch besser als all die anderen Verrückten, die mit ihren Weihnachtstüten eindeutig gestresst und wüst fluchend an uns vorbeihetzen.

Wir beschließen gleich wieder nach Konstanz zu fahren. Man kann über Konstanz sagen was man will: Gemütlicher ist es dort aber in jedem Fall.

Und es gibt weniger Möpse. Das darf man, wie ich finde, gelegentlich ebenfalls nicht unterschätzen.

Der Puppenspieler

Hinter uns im Kulturladen sitzt der Puppenspieler. Lea erzählt mir geradezu groteske Geschichten über seinen Charakter. Das kann ich eigentlich gar nicht glauben.
Angeblich hat er sich seinen Beruf ausgesucht, weil er die Puppen gern nach seiner Pfeife tanzen lässt. Da ihm aber die gesellschaftliche Machtposition fehlt bügelt er das mit seinen Handpuppen aus.

Durch das Kasperletheater habe er dann auch einen guten Draht zu allein erziehenden und unglücklich verheirateten Müttern. Lea schaut wissend.

Sie traut ihm einfach nicht über den Weg. Ich verstehe sie nicht.

Der Puppenspieler lächelt zu mir rüber.

Felicitas seufzt. *„Das ist typisch."* meint sie trocken.
„Er spürt, dass du traurig bist. Von starken Frauen lässt er entweder gleich die Finger, oder er versucht sie schlecht zu machen."
Ich bin mir nicht sicher, ob ich sauer sein soll.

Feli nimmt mir die Entscheidung ab als sie weiterstänkert

„Der alte Aasgeier braucht Fallobst, weil er nicht mehr auf Bäume klettern kann".

Ich werfe ihr einen vernichtenden Blick zu. Fallobst bin ich wirklich nicht. Ich bin etwas verrückt und etwas traurig, aber der Puppenspieler wird mich nicht bekommen.

Feli wirkt zerknirscht und bietet mir ihre letzte Zigarette an. *„Glaub mir: Der teilt und herrscht!".*

Statt das zu kommentieren beobachte ich ihn ein wenig. Feli könnte Recht haben. Ich habe kein gutes Gefühl bei ihm.

Der Puppenspieler schnorrt sich an der Theke einen Kaffee und schaut nicht mehr rüber.

Er weiß wohl, wie man es machen muss.

Auf dem Weihnachtsmarkt ist am nächsten Tag, es ist mittags, noch nicht die richtige Stimmung. Der Puppenspieler baut gerade seinen Stand auf, sein Gesicht hat er überwiegend hinter einem riesigen gelb-schwarzen Schal versteckt. Somit ähnelt er ei-

ner Wespe, aber sein Lächeln ist freundlich. Glüh-
wein wird geliefert, alles ist erst im Werden. Es hat
noch keinen Wert, jetzt zu bummeln und vielleicht
wird mir das Gespräch mit Roth weitere Sichtwei-
sen für einen günstigen Verlauf meiner Magister-
Arbeit eröffnen. Die Chinesische Philosophie
kommt mir in den Sinn.

Und Han Fei, ich glaube, dass es wegen des Pup-
penspielers ist: „Ein Drache kann ständig seine Gestalt verändern. Ein Herrscher über Menschen hat
sehr viel Ähnlichkeit mit dem Drachen, auch er hat
gesträubte Schuppen und ein Mensch, der sich von
ihm fernzuhalten weiß, wird nicht übel verfahren."

Noch während ich zur Uni hochfahre denke ich,
dass der Puppenspieler somit wenigstens noch zu
etwas gut gewesen ist.
Und dann denke ich, dass das eigentlich meistens
so ist.

Einladung im Advent

Meine Beziehung zu Martin läuft gerade nicht so gut. Neuerdings ist er auch noch mit einem grässlichen Pärchen befreundet, das meine Nachbarin ihm vorgestellt hat, und trotz unserer Differenzen soll ich ihn zu dieser Einladung begleiten.

Die beiden sind eine Plage. Biene und Bertram. Sie haben noch einen Sohn, der Bobby heißt. Alles mit „B", um ihre Gemeinsamkeit zu unterstreichen.
Es ist grauenhaft. Trotzdem lasse ich mich von Martin überreden eine Einladung der beiden zu einem Abendessen anzunehmen.

Biene soll eine anstellige Köchin sein, und ich habe seit einer Woche nichts Warmes mehr gegessen. Zur Feier des Tages trage ich sogar meine neue, sündhaft teure rote Basken-mütze, die ich mir in einem Anflug von Wahnsinn geleistet habe. Außerdem kaufe ich den Gastgebern Kirschpralinen, da ich Martin keine Schande machen möchte. So bin ich nun mal. Ich finde, dass Martin mit mir ziemliches Glück hat.

Die Wohnung der beiden sieht aus als wäre sie der Zeitschrift „Schöner Wohnen" entsprungen. Hier hängt kein Poster mit Reisnägeln angepappt an der Wand wie bei uns. Kein Staubkorn verunziert die weißen Bodenkacheln. In einem Zimmer steht ein riesiger Billardtisch, und an den Wänden hängen stark vergrößerte Fotografien von Biene in besonders edlem Tigermusterrahmen.

Auf den Bildern sieht sie sogar richtig gut aus, Bertram muss ein begnadeter Fotograf sein, er hat tatsächlich schöne Seiten aus Biene herausgekitzelt, welche mir ad hoc gar nicht aufgefallen wären.

Es sieht alles sehr stilvoll aus, ebenso wie Bertram und Biene selbst. Wirklich dekorativ. Ich bin platt. Allein schon die beeindruckende Raumhöhe! Nicht wie bei uns in der Altstadt. Unser Haus ist aus dem 15. Jahrhundert. Es gibt Mäuse, Kakerlaken (in Konstanz „Schwabenkäfer" genannt) und Münsterglocken. Etwas, das sich wohl weit außerhalb von Bienes und Bertrams Erlebniswelt bewegt. Der Weihnachtsbaum muss ebenfalls mindestens zwei Meter groß sein. Schlank und gerade wie eine Figur von Giacometti fügt er sich nahtlos in das geschmackvolle Wohn-Ensemble ein.

Die beiden haben sich ganz schwarz angezogen und sehen wie Fledermäuse oder Existentialisten aus. Martin schluckt.

Ich kann die Bewegung seines Adamsapfels beobachten. Und das, obwohl er schön öfter bei Bertram und Biene verkehrt hat!

Bert hat an der Fachhochschule Architektur studiert. Er ist riesig groß und dünn. Wahrscheinlich wird er später einmal Hochhäuser bauen. Durch die schwarze Kleidung wirkt er noch dünner. Biene ist Kindergärtnerin mit den Spezialgebieten Handarbeit und Malen. Sie hat eine spitze Nase und weit aufgerissene hellgrüne Augen mit violett getuschten Wimpern. Ihr Haar hat sie zu einem Knoten gebunden. Während des Essens kehrt sie andauernd heraus, dass sie Kunst studiert hat und stellt meine künstlerische Allgemeinbildung auf die Probe.

Ich schlage mich einigermaßen wacker, vor allem bei den Plastiken. Zum Glück habe ich in der Schule gelegentlich aufgepasst.

„Stellt Euch vor, Bert hat mir heute im Kaufhaus einen Schal kaufen wollen, der falsch ausgezeichnet war. Auf dem Preisschild standen nämlich zwei Euro und dabei hat der Schal zweiunddreissig Euro gekostet. Stellt euch vor, Bert ist tatsächlich gleich zum Informationsschalter gegangen und hat den Irrtum gemeldet. Er hat die dreißig Euro gerne draufgezahlt, weil ich es ihm wert bin.“

Bienes nasale Stimme reißt mich aus meinen Gedanken. Bert lächelt selbstzufrieden, und während er eine Klassik-CD in einen offensichtlich teuren CD-Player steckt und uns Capucchini aus einer Luxus-Espresso-Maschine in Designer-Edel-Tassen anbietet, beobachte ich Martin.

Dieser wirkt ehrlich beeindruckt. Was für ein Spielball er doch ist! Vermutlich um etwas besser dazustehen, lenkt Martin das Gespräch auf mich und verweist auf meine brillante philosophische Intelligenz und meine vorteilhafte Karriere als wissenschaftliche Hilfskraft bei den Psychologen. Biene zuckt ungerührt mit den Schultern und gibt zu verstehen, dass sie, was Philosophie betrifft, durchaus im Bilde sei. Schließlich habe sie im Rahmen ihrer Ausbildung zur Kindergärtnerin mal einen Philosophiekursus belegen müssen. Auch das Fach Psychologie bereite ihr kein Kopfzerbrechen. Als Kindergärtnerin und Mutter, betont sie, müsse man sich psychologisch schon gut auskennen.

Bei dem Wort „*Mutter*" wirft sie mir einen verächtlichen Seitenblick zu. Vermutlich hat Martin geplaudert und mal erwähnt, dass ich mich standhaft weigere, Kinder in diese Welt zu setzen. Leider fängt Biene an, auf dem Thema Kinder herumzureiten. Mit zusammengezogener Stirn prognostiziert sie mir Einsamkeit im Alter und wirft mir Egoismus vor.

Komischerweise lässt sie Martin ganz aus dem Spiel, als sei das alles ganz allein meine Sache.

Dass Martin auch keine Kinder möchte, steht anscheinend nicht zur Debatte. Auf mein Argument, dass Kinderkriegen mindestens ebenso egoistisch sei wie keine Kinder zu haben, verfärbt sich Bienes Hautfarbe in ein kampfbereites Rosarot.

Ich fühle mich gezwungen ihr zu erläutern, dass ich viele Frauen kenne, die Kinder entweder nur bekommen haben, um ihnen im Alter zur Last zu fallen, oder um sich vor der Berufstätigkeit zu drücken, um ihrem bislang leeren Leben einen Sinn zu geben, um weiter selbst Kind bleiben zu dürfen, oder einfach weil „*man*" es so macht.

„*Dann gibt es noch die Möglichkeit, dass die Frau die Pille vergessen hat,* "
füge ich unerbittlich hinzu und fasse mit einer großzügigen Armbewegung meine Ausführungen mit dem Hinweis zusammen, dass Menschen, die sich um jeden Preis fortpflanzen wollen, nur Skla-

ven ihrer egoistischen Gene seien, wobei erstes Ziel sei über die Kinder Unsterblichkeit zu erlangen, statt den Tod als eine Tatsache zu akzeptieren.
„Und wenn jetzt jeder so denken würde?"

giftet Biene zurück und schlussfolgert treffsicher:
„Dann würden wir ja alle aussterben!"
Vorwurfsvoll schaut sie mich an, so als säße die potentielle Mörderin der Menschheit vor ihr. Daher sehe ich mich wiederum genötigt ihr geduldig darzulegen, dass schon deshalb nicht jeder wie der andere dächte, weil jeder in seinem Leben andere Erfahrungen gemacht hätte, und dass die Frauen, die so dächten wie ich, statistisch gesehen nur wenige Prozent stellen würden, so dass der wahre Grund des Geburtenrückgangs überhaupt darin läge, dass der Großteil der Frauen nur noch ein bis zwei Kinder statt wie früher sechs oder acht Kinder bekäme. Ebenfalls vorwurfsvoll wandert mein Blick zu Bobby. Er ist Einzelkind.
Biene gibt sich nicht geschlagen. Mit greller Stimme wiederholt sie phantasielos:
„Und wenn jeder so denken würde, dann würden wir ja alle aussterben."
Ich spüre, dass mich gleich meine bis dahin engelsgleiche Geduld verlässt und frage gnadenlos in die Runde:
„Wäre das denn wirklich so schlimm? Braucht die Erde den Menschen überhaupt? Schließlich gibt es den Menschen noch gar nicht solange`, und wenn man bedenkt was er seither schon alles angerichtet hat..."

Biene verschanzt sich jetzt hinter der Designer-Krippe. Der kleine Designer-Jesus hat eine merkwürdig anthrazitfarbene Gesichtshaut, harmoniert aber zugegebenermaßen gut mit dem gesamten Interieur des Stalls. Vermutlich will sie ihn vor mir beschützen, denn sie ist nicht mehr von der Krippe wegzubekommen. Martin wirft mir einen flehenden Blick zu, und ich schlucke den Rest des Satzes herunter.

Bobby stochert lustlos in seinem Käsesoufflé, während Bert ihr ritterlich beisteht, indem er ihr versichert, dass all diese Argumente wie ein Kartenhaus in sich zusammenbrechen würden, wenn ich selbst erst mal *„guter Hoffnung"* sei. Biene nickt triumphierend, und ich verkneife mir die Bemerkung, dass ich mit hormonumwölktem Kopf dann wahrscheinlich wirklich nicht mehr klar denken könnte, um Martin nicht den Abend zu verderben. Er muss es gespürt haben, denn er lächelt mich dankbar an. Na ja. Immerhin ist auch Dionysos im Hades gezeugt worden!

So sei jedem eine persönliche Form von Hoffnung gegönnt, denke ich abschließend doch noch versöhnt und zerteile die Zucchini mit der unhandlichen Hipster-Gabel.
Um unsere prinzipielle Kinderliebe zu unterstreichen, wirft Martin diplomatisch in die Runde, dass wir eine Patenschaft für ein Kind, namens Pepino, in Guatemala übernommen hätten, während er Bobby über den Kopf streichelt.

Ich frage mich ernsthaft wie Martin auf diese Patenschaftsgeschichte kommt. Die Idee ist aber gut. Bobby strahlt mich an, als hätte er soeben meine edlen Gedanken gelesen. Bert hüstelt vor sich hin und nestelt an seiner CD-Sammlung herum.

Schließlich wird er fündig und schiebt eine CD mit quäkenden Kindern, die Weihnachtslieder aus aller Welt zum Besten geben, ins Laufwerk.

Biene fängt nun an uns von ihrem USA-Aufenthalt zu erzählen. Langsam beginnt mich dieses Ping-pong-Spiel zu langweilen, die beiden würden nie lockerlassen, zuviel schien für sie auf dem Spiel zu stehen. Plötzlich muss ich an meinen Bruder denken. Wehrlos und vom Wein gnädig bedieselt, lauschen Martin und ich Bienes Erzählungen, wie sie und Bert die New Yorker Architektur bewundert hätten! *„Amazing"* sagt sie mit unverkennbarem Ostküstenakzent und lässt die dünnen Lippen schnalzen.

Bert rollt genießerisch mit den Augen. Wusste ich doch, dass ihn Hochhäuser interessieren würden. Martin versucht das Gespräch geschickt auf unsere Reise nach Kalifornien zu lenken, um mögliche Gemeinsamkeiten bezüglich unserer vermeintlichen Bewunderung für die nordamerikanische Lebensart herauszukristallisieren wird aber von Biene barsch unterbrochen. Weitschweifig erzählt sie uns von Bobbys Patenonkel, und wie dieser mit dem Motorrad von Los Angeles nach Las Vegas gefahren sei.

„Er ist Zahnarzt", fügt sie stolz hinzu. Ich kann den inneren Zusammenhang nicht erkennen und wundere mich nur, warum sich ein Zahnarzt auf Biene und Bert einlässt, wo er doch schon von Berufs wegen ein Gespür für faule Zähne haben sollte.

Ich gieße mir Wein nach und befördere eine Gauloise aus meiner Tasche. Bert schaut mich missbilligend an:

„Biene möchte jetzt das Mousse au Chocolat servieren", knirscht er. Auf seiner Stirn bilden sich Dackelfalten, und Biene presst die Lippen empfindlich aufeinander, ich habe aber keine Lust seine Faltenlinie zu deuten. Beide geben sich keine Mühe mehr ihre Ablehnung zu überspielen.

Offensichtlich können mich die beiden also nicht leiden, fasse ich für mich zusammen. Kein Problem, ich mag sie auch nicht. Wahrscheinlich fragen sie sich, wie Martin zu so einer verrückten Freundin wie mir kommen konnte. Haben sie mein Geheimnis, meine melancholische Seele durchschaut?
Meine teure Baskenmütze und die Kirschpralinen haben mir augenscheinlich nicht geholfen.

Trotzdem verstehe ich nicht warum sie sich nicht für wenigstens einen Abend zusammenreißen können. Außerdem hätte ich als höflicher Mensch die Gauloise ja ohnehin auf dem Balkon geraucht. Bin ich hier etwa das schwarze Schaf? Immerhin befindet sich in der Krippe ein anthrazitfarbenes Schaf, was mich etwas versöhnlich stimmt.

Martin ist verunsichert und weiß nicht so recht wie er sich verhalten soll. Nachdenklich zieht er sich auf die Toilette zurück und überlässt mich der feindlichen Mehrheit. Das ist typisch für ihn. Als er zurückkommt scheint er jedoch kapiert zu haben, worum es geht. Wahrscheinlich ist die Reizdeprivation auf dem Klo gut für die Erleuchtung. Erleichtert sehe ich den Ärger in Martins Gesicht. Endlich besinnt er sich wieder auf sich selbst. Ich triumphiere, während Martin sich ebenfalls Wein nachschenkt und ihn in großen Schlucken heruntergießt wie ein rückfälliger Alkoholiker. Biene reicht das *Mousse au Chocolat* in von sizilianischen Bergbauern getöpferten Dessertschälchen mit einem mittlerweile so stark zusammengepressten Mund, dass selbst der blasslila Lippenstift nicht mehr zu sehen ist.

„Was machen eure Magister-Arbeiten?" Sie wirft uns diese Frage ohne Vorwarnung so lauernd zu, dass uns das *Mousse* fast in der Kehle stecken bleibt. *„Es geht,"* ächzt Martin und lenkt sogleich geistesgegenwärtig von uns ab, indem er Bert seinerseits nach seinem Job ausfragt, was dieser mit einem Stirnrunzeln quittiert, denn Bert hat momentan keinen Job.

Biene trägt mit Leidensmiene die Teller und Schüsseln nach draußen, während Bert sich warm redet. Konstanz sei ihm zu provinziell lässt er durchblicken.

Er und Biene wollen nach München, später dann *„über den Teich"*, wie Bert salopp einwirft. *„Dazu braucht man Pioniergeist!"* presst er ergänzend hinzu und mustert uns mit so finsterer Miene, als wolle er uns eben diesen von vornherein aberkennen. Biene steht bereits in der Küche und klappert unter dem Wasserhahn laut mit dem Geschirr. Sie ist wirklich fleißig. Aber ich hätte schwören können, dass sie eine Spülmaschine besitzt. Die Stimmung ist nun nicht mehr zu retten, und wir verabschieden uns frostig.

Das süßliche Dessert klebt noch Stunden später unsere Eingeweide zusammen.

Es war zäh und unerfreulich und fasst somit den ganzen Abend zusammen. Von wegen talentierte Köchin! Biene muss all ihre Aggressionen mit hineingerührt haben. Als wir Berts und Bienes schnöde Hochglanzwohnung endlich verlassen, fühle ich mich seltsam erleichtert. Bobby schaut uns traurig nach.

Martin ist in düsterer und grimmiger Stimmung, da er seine Bekannten von dieser Seite noch nie gesehen hat. Ich hoffe, dass ihn dieser Abend geheilt hat.
Zu Hause verschaffen wir uns mit einer Flasche Tequila Erleichterung und gehen früh schlafen.

In dieser Nacht sind wir ein Herz und eine Seele.

Nach dem Frühstück am nächsten Morgen erzähle ich Martin von meinem Plan eine Patenschaft für ein Kind zu übernehmen, während dieser hektisch seine Kontoauszüge kontrolliert. Vielleicht ist es nicht der richtige Zeitpunkt, aber ich werde nicht von meinem moralischen Weg abkommen, soviel steht fest.

Martin nennt mich eine Wohltätigkeitstante, wirft mir bürgerliche Weinerlichkeit vor und will mir einen politischen Vortrag halten.

Ich erkläre ihm mit aufrichtigem Bedauern, dass er nichts verstanden habe. Vergrätzt verzieht er sich vor den Fernseher.

Im Radio quäken die Kinder Weihnachtslieder aus aller Welt, und ich überlege mir, ob Pepe vielleicht auch mitsingt.

Die Münsterglocke

In jeder Adventszeit die wir in dieser Wohnung verbringen, scheint das Getöse der Münsterglocke noch zusätzlich anzuschwellen und ich hadere mit meinem Leben, mit Weihnachten, mit Martin und mit der Tatsache, dass unsere Wohnung sich mitten in der Altstadt befindet. In einer Nacht ist es so unheimlich, dass ich Martin aufwecke, um mit ihm darüber zu diskutieren, ob wir noch vor Weihnachten ausziehen sollen oder nicht. Ich argumentiere, dass es für die Nachtruhe ein Gewinn wäre.

Wenn das Münster alle Viertelstunde schlägt, kriegt man in sowieso schlaflosen Nächten auch noch einen richtigen Schreck. Psychologisch ist das bestimmt schlecht derart mit der Zeit konfrontiert zu sein, da fühlt man sich so gehetzt. Ich erkläre Martin, dass ich, wenn ich nicht wüsste wieviel Uhr es ist, wohl schon schliefe und mich nun stattdessen darüber ärgere, dass es schon ein Uhr ist, dass ich um Vier noch wachliege und so weiter.

Wir stehen mitten in der Nacht auf und backen Plätzchen. Martin ist ein begnadeter Bäcker. Als ich ihn beim Kneten des Teigs beobachte, wird es offensichtlich: Auch Martin fühlt sich von der Uhr bedrängt. Ich bekomme aber immerhin ab Mitte Dezember einen Posten als wissenschaftliche Hilfskraft im sozialwissenschaftlichen Dekanat, draußen auf dem Campus und weit weg von der Münster-Wohnung.

Martin neidet mir den Posten, was ich verstehe.

Ich habe ein wunderschönes, ruhiges Zimmer, von dem aus man bei Fön die Berge sehen kann. Zum Einstand rechne ich allen Angestellten im Dekanat den Biorhythmus aus. Die Kurven hängen in den Büros.
Aber meine Chefin ist schwierig. Sie ist furchtbar dick, und man tut so als merke man es nicht.

Heute ist sie sehr offen und redet vom Finden des Nullpunktes in einem selbst, von dem aus man dann mit der Welt wechselwirkt.
Bloß, dass ich vor der Arbeit immer erst ihren Hund streicheln muss, stört mich manchmal.
Am Neunzehnten um neun ist Weihnachtsfeier im Hiwi-Zimmer, es gibt Kaffee und Kekse, und alle sind erleichtert, weil Weihnachten bald wieder vorbei sein wird.

Ich versteh´ das nicht. Warum machen die Leute so ein Theater um Weihnachten?
Martin und ich feiern mit Phil, unserer Katze, vor dem Fernseher. Es ist sehr friedlich. Martin schenkt mir eine Uhr, und ich verehre ihm ein Päckchen L&M-Zigaretten. L&M - Luzie und Martin. Er ist beeindruckt.
Den ersten Weihnachtsfeiertag verbringen wir auf dem Eis, weit weg von den Münsterglocken. Es ist so kalt, dass Teile des Sees zugefroren sind.
Wir leihen uns Schlittschuhe aus und bleiben den ganzen Tag draußen.
Martin hat Schnaps und belegte Brote eingepackt, ich habe meinen Schal vergessen.

Den Rest des Jahres verbringen wir gemeinsam mit einem Grippevirus im Bett. Martin geht es etwas besser als mir.

Er pflegt mich hingebungsvoll. Das Telefon haben wir abgestellt. Es ist so wunderbar mit ihm.

Warum habe ich das vorher nicht gemerkt? Nachts hörten wir die Münsterglocken, doch auf einmal war alles anders.

Es hat mich überhaupt nicht mehr gestört. Wenn ich es mir so recht überlege, war das mein schönstes Fest überhaupt.

So kann man sich manchmal eben irren.

Verlorener Weihnachtsmann aus Plüsch

Viele Jahre hatte ich ihn immer pünktlich Ende November aus dem Schrank befreit. Meinen kugelrunden, flauschigen, über das ganze Gesicht lachenden Weihnachtsmann aus Plüsch.

Wenn man ihn ansah, musste man beinahe schon automatisch mitlachen. Seine Augen bestanden nur aus schwarzen Knöpfen, der Bart war fein säuberlich entlang des Kinns in hellen kleinen Borsten aufgestellt und umrahmte diesen Mund, der alle Freude dieser Welt auszudrücken schien.

Er war entsetzlich dick und klein, ein schwarzer Gürtel teilte ihn exakt in der Mitte auf, oben und unten rot-weiß, ganz so wie es sich gehörte. Ich weiß, dass ich ihn eines Tages weggegeben habe, doch warum, der Grund, den kann ich auch nach ausführlichstem Nachdenken nicht benennen.

Es ist nicht so, dass ich ihn plötzlich satt gehabt hätte. Generell bin ich ein treuer Mensch, und das zieht sich bis zu meinen Einrichtungsgegenständen hin.

Die Schrankwand in meinem Zimmer beispielsweise besitze ich seit meinem zehnten Lebensjahr, meine Umhängetasche hat schon wieder Retro-Wert, nachdem ich sie mir von meinem Konfirmationsgeld gekauft habe. Warum also sollte ich mich des Weihnachtsmanns entledigt haben? Und doch ist er nicht mehr da. Der Schrank, obgleich mit zahlreichen anderen Dingen beinahe am Überquellen, erscheint dennoch ohne ihn beinahe deprimierend leer zu sein.

Manchmal stelle ich mir vor, dass er mich verlassen hat weil er einfach davon ausging, dass es nun einmal an der Zeit sei jemand Anderen mit seinem Anblick zu erfreuen. Aber wusste er denn nicht, dass sich niemand so sehr über ihn gefreut hatte wie ich? So viel zu der Allwissenheit der Weihnachtsmänner.
Allzu weit scheint es daher nicht her zu sein. Ein bisschen übel nehme ich es ihm schon. Aber dann, wenn ich an sein fröhliches, rundes Gesicht unter der roten Mütze denke, dann kann ich ihm nicht länger böse sein.

Wahrscheinlich hat er das gewusst. Immerhin das, immerhin.

Das Vogelhaus

Meine Nachbarin kommt seit dem Tod meiner Mutter jeden Tag bei mir vorbei. Manchmal bringt sie mir etwas zu essen, dann wieder zwingt sie mich Osterlämmer, Haferplätzchen oder sonst etwas Erfreuliches und Lebensbejahendes zu backen, oder sie entwirft mit mir Muster für Seidenschals, sorgt für neue Pflanzen in meinem Vorgarten oder nimmt mich mit auf eine Orchideenschau. Obwohl ich nicht in jedem Fall großen Wert auf menschliche Gesellschaft lege, auch nicht auf Orchideenschauen oder Osterlämmer, ist sie mir noch kein einziges Mal ungelegen gekommen. Sie selbst war schon lange nicht mehr gesund und wusste nicht wieviel Zeit ihr noch blieb.

Es ist nun kurz vor Weihnachten, eine Zeit, die mir seit dem Tod meiner Mutter lang und furchtbar vorkommt. Wie eine Endlos-Schleife aus Weihnachtskitsch und klebrigen Keksen, doch meine Nachbarin lässt nicht locker. Ich muss ihr aus dem Keller die Ausstechförmchen holen. Sie selbst knetet bereits den Teig.
Ich erhasche einen Blick auf die ordentlich sortierten Marmeladengläser in den Kellerregalen, sehe die bereits befüllten Keksdosen mit Weihnachsmotiven, den Baum, der vorübergehend hier gelagert ist, und mit einem Mal erinnere ich mich daran wie sehr ich mich immer auf Weihnachten gefreut hatte. Damals, als es sich noch wie Weihnachten angefühlt hatte. Doch lange Zeit hatte ich nicht, um

meinen Gedanken nachzuhängen. Ungeduldig rief sie mich nach oben, und so machte ich mich auf den Weg in ihre Küche, welche nach hinten verglast den Blick auf einen traumhaft verschneiten Wintergarten freigab.

Eine riesige Tanne erhob sich schützend über einem Vogelhäuschen, welches stark frequentiert wurde: Kohlmeisen, Kleiber, Sperlinge, Amseln fanden dort ihr Futter.

Wir stachen die Förmchen aus, sie schob das Blech in den Ofen, und obwohl ich wusste, dass es weder ihr noch mir gut ging, hatten wir in diesem einen Moment eine heile Welt.

Solch eine heile Weihnachtswelt wie man sie sich in der Regel wünscht - ohne sie jedoch jemals zu erreichen. In jenem Moment jedoch war es uns, ganz ohne Zweifel, gelungen.

Schneegeister

Schneegeister sausen vor dem Baum
mit klammen Röcken, raubedeckt

Eisschwerter geschwungen wie im Traum
dabei den klirrend Mund gebleckt
mit zart geschliffnem Schrei, doch leiser
Geister nur, Mann, Frau und Kind

Die kalten Schöße heulen heiser
Kosaken gleich im Wirbelwind

Wintersonne

Die Sonne feuert noch immer mit ganzer Kraft. Es ist nicht ihre Schuld, dass sie niemanden mehr wärmen kann. Nicht Ende Dezember. Mit einem Mal, ich weiß nicht warum, beginnt mir die Sonne Leid zu tun. Ich glaube *sie* will zur Abwechslung mal gelobt werden, anerkannt dafür, dass sie sich so anstrengt.
An diesem letzten Tag vor Weihnachten ist sie nicht da. um *mich* zu wärmen. Sie ist da, weil *sie* heute etwas Wärme braucht. Etwas Bewunderung, Ehrerbietung und auch meine Aufwartung.

Plötzlich weiß ich, was ich zu tun habe. Ich ziehe mich an und gehe hinaus.

Leben

In kaltem Winteratem
leise von uns weg
erstarkt ganz still
die Bewegung
hin
zum Leben

Hoffnung

Immer wenn ein Mensch stirbt, so hatte er bei der Beerdigung seiner Frau vom Pfarrer Haller gehört, wird er zu einem Stern am Himmel, um den Lebenden Hoffnung zu geben. Was musste in dieser Nacht nur passiert sein?

Die dunkle Ruhe wurde mit einem Mal durch Abermillionen gleißender Sterne verstört. *„Eine richtige Sternenplage"*, stellte der alte Bauer Mathies fest, der sich mit allerlei Plagen auskannte, und den das plötzliche Licht aus seiner Schlafstube gezogen hatte.

Und das, obwohl er vom Wein, der ihn sonst erst morgens wieder aus seiner bleiernen Umarmung entließ, in den Schlaf gezwungen worden war.

Sollte an Hallers´ Predigt etwas Wahres sein, so wäre er nun vermutlich der letzte Mensch auf der Erde, so viele Sterne wie da oben am Himmel standen! Für einen Moment glaubte er in einem Aufblitzen der Sterne seine Frau Anna zu erkennen, die ihm von dort oben zuzwinkerte. Wenn es nur so wäre! Tränen bahnten sich den Weg durch die Furchen seines Gesichtes und tropften ihm vom Kinn auf die Fußmatte vor der Haustür.

Ganz allein übrig zu bleiben, nein, das war nichts für ihn. Auch wenn die Sterne für die Hoffnung zuständig waren, allein wollte er jedenfalls nicht zurückbleiben, helles Licht hin oder her! Kopfschüttelnd stapfte Mathies zum Stall, um wenigstens nach der Kuh zu sehen. War sie auch kein Mensch, so war sie doch ein Lebewesen. Ein warmes, großes Lebewesen. Er öffnete die Tür und rieb sich sodann die noch von der Helligkeit schmerzenden Augen, aber sie spielten ihm keinen Streich: der Stall war leer.

Kalt und leer. Nur der Geruch seiner einzigen Milchkuh, der gefleckten Lotte, lag noch im Stroh.

Bauer Mathies begann nun hemmungslos zu schluchzen und seine klammen Hände aneinander zupressen.

Natürlich, auch die gefleckte Lotte war weg. Der Abdecker hatte sie geholt. Letzte Woche. Ein Akt des Erbarmens sozusagen, in ihrem Alter. Jetzt war er völlig allein. Warum passierte das ihm? Einem alten, redlichen Mann, der sich, außer dem ein oder anderen Rausch, nie etwas zuschulden kommen gelassen hatte? Warum spielte der Herrgott einem Bauern, der sein Leben lang hart gearbeitet und gebetet hatte, solch einen grausamen Streich? Sein Blick wanderte in Lottes ehemaligem Reich umher und fiel, zu seinem Erstaunen, auf eine ausgebreitete weiße Stoffwindel, die mitten im Stall lag.

Er wurde rot vor Freude und eine feierliche Ruhe überkam ihn. Das musste die Windel des kleinen Jesus sein. Wie hatte er vergessen können, dass heute der Heilige Abend war? Ja, früher, da war er noch zur Christmette gegangen, da hatte er auch noch seine Frau gehabt. Aber nun, da sie auf dem Waldfriedhof lag, was hatte ihn da Weihnachten noch zu kümmern? Das ganze Getue und überhaupt. Egal war es ihm gewesen, ganz und gar egal.

Gott hatte ihm sicherlich gerade deswegen ein Zeichen geschickt, den Heiligen Abend nicht zu vergessen. Es war also nur ein Zeichen, mit allem Drum und Dran, so wie es sich für ein Zeichen, das nicht übersehen werden sollte, auch gehörte! Dann war er also gar nicht der letzte Mensch auf Erden. Hoffnungsvoll und seltsam erleichtert bückte er sich nach der Windel. Zwar hatte er den einen oder anderen Nachbarn, selbst den Pfarrer mit seinen

40

Geschichten schon des Öfteren dorthin gewünscht wo der Pfeffer wuchs; doch nun, ja, um ehrlich zu sein war er doch froh, dass nicht ausgerechnet er der letzte Mensch auf Erden war. Als er seine welke, klamme Hand ausstreckte, um den Stoff zu berühren, fühlte er eine nie gekannte Wärme.

Helena, die mitleidige Frau des Schusters fand den alten Mathies in der Scheune liegen. Sie hatte ihm eine schöne Weihnacht wünschen wollen. Aber sie sah, dass es nicht nötig war. Sein Atem ging leise, ganz leise.
Etwas Weißes hielt er in der Hand, und er lächelte. Von den Sternen erzählte er ihr, und von Lotte, dann von dem seltsamen, warmen Stoff. Schließlich hielt er inne, der Atem wurde schwächer, in sich sterbend, ganz langsam doch unbeirrbar. Strahlender nur wurde sein Lächeln.
Zumindest beschwor Helena das noch Jahre danach, und niemals ließ sie sich beirren. Allein dafür schon hatte sie es sicherlich verdient, dass man sie nicht mit allzu bohrenden Fragen belästigte.
Denn Helena, der Schuster hätte darüber berichten können, falls er sich getraut hätte, konnte in solchen Fällen einen heiligen Zorn aufbringen der seinesgleichen suchte.

Und so blieb es allen – das Lächeln des alten Matthies.

Jemand wollte einen Stern nach ihm benennen, doch man befand, dass das nun, gerade im Fall des alten Matthies, so gar nicht nötig sei.

Vielleicht war das richtig. Vielleicht brauchte man im Fall des alten Matthies keine weiteren Sterne mehr hinzuziehen. Gewundert jedenfalls, hätte es mich nicht.

Winterhimmel

Gleite wie ein Netz
aus Federn
zu mir
herab.
Gleite sanft
Gleite müde
In diesen feinen Stoff
web ich mich ein.
Fest,
wie eine Umarmung
spür ich Dich.
Winterhimmel-
reiße nicht!
Winterhimmel-
halte mich!

Ende November 1945: Flucht mit dem Zug

Der Zug und seine Insassen waren in einem erbärmlichen Zustand. Zu dieser Zeit waren alle Züge von den Russen geplündert worden: Hosen, Uhren, alles, was brauchbar war, hatten sie mitgenommen. Was sie nicht gebrauchen konnten, hatten sie kaputt geschnitten. Auch dieser Zug bildete keine Ausnahme.

Der Zug war überfüllt mit ausgehungerten, kranken und ausgeraubten Menschen. Kinder und Säuglinge waren unter ihnen, die meisten schwer krank und halb tot. Sie waren im Zug zusammengepfercht, standen auf den Trittbrettern und saßen auf dem Dach. Jeder Fleck dieses Zuges war bedeckt mit Menschen, die, wie ich, auf der Flucht waren und die auf eine neue Heimat in Deutschland hofften. Ich konnte nur draußen auf dem Trittbrett einen Platz ergattern. Neben mir stand der Sack mit dem Rest meiner Habseligkeiten. Der Gastwirtin war ich noch im Nachhinein dankbar, denn einen Koffer hätte ich auf diesem Trittbrett nicht unterbringen können.
Der Wind blies mir kalt entgegen, doch ich wusste, dass der Zug nach Deutschland fahren würde. Allein dieser Gedanke gab mir die Kraft durchzuhalten und immer weiter auf dem kalten Treppenabsatz dieses Zuges auszuharren. Ich trotzte der Kälte und dem Wind, dem trostlosen Ausdruck in eines jeden Gesicht. Ich trotzte dem Hunger, dem Durst, der Krankheit, dem Schmutz und der Hoffnungslosigkeit.
Ich weiß nicht, wie lang wir fuhren. Jedes Zeitgefühl ist mir an jenem Tag abhandengekommen.

Doch ich weiß noch, dass es eisig kalt war. In Schneide-mühl wurden wir dann von Polen und Russen kontrol-liert. Viele hatten keine Papiere dabei, auch ich nicht.

Trotzdem ließ man uns durch. Wie genau kann ich nicht mehr sagen. Ich war zu erschöpft. Irgendwann wurden wir in einer Schule einquartiert, dann ging es mit dem Zug weiter. In diesem Zug, daran erinnere ich mich noch am meisten, saßen wir auf Stroh.

Es war äußerst schmutzig; überall waren noch Reste von Kohle, die zuvor in diesem Zug transportiert worden war. Dreck und Staub waren überall. Doch das war mir egal. Ich wusste: Wir würden bald in Deutschland sein, und ich einen großen Schritt näher an der Möglichkeit, endlich nach meiner Familie suchen zu können.

Ich war mir sicher, dass ich, wenn ich erst in Deutsch-land sein würde, etwas über ihren Verbleib würde her-ausfinden können. Die Wege führten uns damals alle nach Deutschland - sofern wir überlebten.
Auf dem Weg nach Deutschland dachte ich beinahe un-unterbrochen an meine Eltern.

An die dicken Wollsocken, die meine Mutter uns Kin-dern gestrickt hatte und an die Schuhe, die mein Vater uns allen damals aus Holz geschnitzt hatte. Ich glaubte den Geruch unseres Wohnzimmers wahrzunehmen, wenn wir an den Sonntagen darin zu sitzen pflegten. Ich wollte die beiden so unendlich gerne wieder sehen; sie alle! Es tat gut, an meine Eltern und an meine Geschwis-ter zu denken, an unser Leben in Birkenbruch und Juli-enfelde, an die Vögel und die dichtbewachsenen Felder im Sommer. Und so hielt mich allein diese Hoffnung auf ein Wiedersehen aufrecht, bis wir im Dezember 1945 das Lager in Deutschland erreichten.

Für ein paar Wochen sollte die Baracke mein neues Zuhause werden. Es war kalt in diesen Baracken, eine Heizung gab es nicht. Die Wasserleitungen waren zugefroren. Meine Ferse und meine Zehen wiesen Erfrierungsspuren auf.

Medikamente waren nicht vorhanden. Es gab so gut wie nichts. Das wenige Essen, das wir bekamen, war noch gefroren. Weder Tassen noch Teller gab es, und kein Besteck um etwas zu essen.

So durchsuchten wir die Abfälle von Flugzeugen um Tassen oder Ähnliches zu finden. Aus einer Kante, die aus Weißblech bestand, machte ich mir mein Essgeschirr. Wir sind auch im Dorf betteln gegangen. Meistens haben wir nichts bekommen. Doch ich erinnere mich an Ausnahmen, die uns sehr halfen und aufrichteten. Mit Worten, mit freundlichen Blicken, manchmal mit etwas Brot oder Milch. Diese Ausnahmen waren selten, aber es gab sie.
Besonders erinnere ich mich an das Weihnachtsfest, das wir im Lager in der Baracke in Ribnitz in diesem Dezember des Jahres 1945 begingen.
Wie sehr unterschied es sich doch von dem Weihnachtsfest, das ich nur ein Jahr zuvor noch mit meiner Familie in Julienfelde feiern durfte!
Es war erst ein Jahr seither vergangen, doch dieses Jahr erschien mir länger gewesen zu sein als mein gesamtes,

vorheriges Leben. Ein Fest - konnte man es so nennen? Wir waren alle zu krank, zu müde, zu erschöpft um zu feiern. Und doch gab es inmitten all diesen Elends ein kleines Stück Weihnachtsglanz für uns.

Jemand hatte einen kleinen Tannenbaum in die Baracke gebracht. Wir hatten ihn mit Papierschnipseln geschmückt. Schließlich saßen wir alle davor und ich weiß noch, dass es mir in all meiner Müdigkeit und Lebendigkeit tatsächlich so vorkam, als hätte ich nie einen schöneren Christbaum gesehen.

Das Leben ist schön

An meine Kindheit erinnere ich mich besonders gerne im Winter. Zwar gab es auch wunderbare andere Jahreszeiten, den Winter allerdings habe ich immer mit Alice verbunden.

In einem Wohnblock gegenüber wohnte sie, ein etwas älteres Mädchen: Alice. An dieser hatte ich einen Narren gefressen. Ich radelte im Winter mit ihr und war dabei so begeistert, dass ich sie umarmte und ausrief: „Alice, das Leben ist so schön!"

Auch die Weihnachtszeit war für mich immer etwas ganz Besonderes.
Da durfte ich mit meiner Mutter regelmäßig ins Weihnachtsmärchen. Dies wurde meist im Alten Theater aufgeführt, das leider ausgebombt und verschwunden ist.
Da sah ich zum Beispiel „Der Sonne schönster Strahl", „Schneeweißchen und Rosenrot" und „Hänsel und Gretel".

Als Geschenk erhielt ich einmal eine elektrische Eisenbahn mit drei großen Waggons, eine Ritterburg, einen Kaufladen, eine Autorennbahn und wilde, geschnitzte Tiere. Alles dies wurde in dem Spielzeugladen Hinkel und Kutschback und Wagner & Sohn gekauft. Zum Geburtstag bekam ich einen Zauberkasten, so dass ich erstaunten Zuschauern meine Kunststückchen vorführen konnte.

Im Winter lief ich Ski bei meinen Verwandten in Schlesien. Das war noch vor dem Krieg.

Bei einer Abfahrt stürzte ich auf einen Sturzacker und bei einem Ski brach die Spitze ab.

Dieser wurde zwar mit Bleck repariert, glitt aber nicht mehr so gut wie vorher. In einem Nachbardorf lebte der Schneider Fellenberg.
Der sollte mir aus einer alten Hose eine neue schneidern. Schneider Fellenberg hatte ein völlig verunstaltetes Gesicht, denn ihm fehlte die Nase.
Die Hose wurde bis zu unserer Abreise nicht fertig, und wir haben niemals mehr etwas von Fellenberg und der Hose gehört.

An das, was ihm fehlte, habe ich mich jedoch ein Leben lang erinnert.

Auch daran, dass ich Alice aus den Augen verloren und nie wieder gesehen habe. Trotzdem ist sie noch heute in mir lebendig. So, wie das Leben selbst.

Nikolaus-Tag

Der Abend war nicht so verlaufen wie sich Greta und Ralph das vorgestellt oder erhofft hatten. Ein Weihnachtsmann war gebucht worden, um nach alter Tradition Tim, ihren Sohn, zu fragen, ob er denn auch schön artig gewesen sei. Tim rastete jedoch sofort aus und begann den Weihnachtsmann zu beschimpfen. Das ginge ihn gar nichts an, tobte er, und im Anschluss weigerte er sich auch nur noch ein einziges Wort zu sprechen. Ralphs Versuche die Situation zu entkrampfen liefen jämmerlich ins Leere, ebenso Gretas beherztes Einschreiten, indem sie allen ihre selbstkreierten Weihnachtsplätzchen offerierte. Tims Stimmung war vollkommen zerrüttet, der gebuchte Weihnachtsmann verließ einigermaßen empört das Anwesen, zurück blieben die drei mit der noch unbeantworteten Frage, ob Tim denn nun schön brav gewesen war oder nicht.

Nun ja, schwer war sie im Grunde nicht zu beantworten. Tim rastete eigentlich ständig aus. Lange schon hatten Greta und Ralph versucht herauszufinden, woran das liegen könnte. Tim hatte unzählige Stunden bei diversen Kinderpsychologen hinter sich gebracht - offenbar, zumindest wenn man diesen gescheiterten Nikolaus-Tag zugrunde legte, ohne nennenswerten Erfolg.

Greta und Ralph waren mit ihren Versuchen Tim zu einem angemessenen Verhalten zu bewegen, das wurde ihnen an diesem Tag klar, eindeutig gescheitert.

Greta wollte ein letztes Mal wissen warum dies so war. Leise betrat sie Tims Zimmer, in das er sich Türe knallend zurückgezogen hatte. Wie immer, wenn er aufgebracht war, zog er einen Flunsch. „Hör mal Tim, was war da denn eben los?" Sie bemühte sich ihrer Stimme einen freundlichen und durchaus geduldigen Klang zu verleihen. Ralph war nun fast unbemerkt hinter sie getreten und versuchte es ebenfalls im Guten: „Mensch, Junge, der arme Weihnachtsmann!"

Er wirkte dabei, wie zumeist, etwas hilflos. „Der arme Weihnachtsmann?" Tim schien jetzt sogar noch wütender als zuvor und trommelte mit beiden Fäusten hysterisch auf seinem Schreibtisch herum. Achselzuckend wandten Ralph und Greta sich ab. Immerhin war in diesem Jahr wenigstens sein Zimmer aufgeräumt gewesen. Man musste auch die kleinen Fortschritte zu schätzen wissen − oder etwa nicht! Im elterlichen Schlafzimmer besprachen sie die Lage und kamen zu dem Ergebnis, dass dies der letzte Weihnachtsmann war, den Tim jemals in Verlegenheit bringen würde. „Seit 20 Jahren geht das nun schon so!", beschwerte sich Greta mit berechtigtem Zorn. „Genug ist genug!", pflichtete ihr Ralph bei. „Das Geld kann ich sinnvoller ausgeben!". „Würde ich auch sagen", erwiderte Greta, gähnte dann noch unentschlossen ob sie eher wütend oder eher müde war. In dieser Nacht schliefen sie besonders gut.

Tim wiederum beschloss auszuziehen.

Am nächsten Morgen fand er ein Milchglas und Kekse vor seiner Zimmertür, ein roter Stiefel mit Süßigkeiten befüllt stand daneben. „Frühstück ist fertig, Tim!", rief seine Mutter. „Und keine Süßigkeiten vor dem Essen!"
Resigniert schlurfte er zum Tisch. Seine Mutter hatte irgendetwas mit dem Kaffee angestellt.

Er schmeckte anders als sonst, irgendwie nach Zimt. „Nicht schlecht", lobte er sie, und Greta lächelte errötend.

Ralph verschanzte sich derweil hinter seiner Zeitung. Als Strategie wusste er, dass man sich niemals in die Karten schauen lassen durfte.

„Im nächsten Jahr wird das anders", beschloss er, bevor er Tim, höflich lächelnd, die Butter zuschob.

Die schwerste Reise

Wir trafen nach langer Bahnfahrt in Fuschl bei Salzburg ein. Die Veranda war vom Winter her noch verschalt und musste erst noch freigemacht werden. Es ging nun auf die schöne Jahreszeit zu und alles grünte und blühte.

Die Nachbarn aus Berlin waren ebenfalls da, und ich hatte drei Spielkameraden, nämlich Klaus, Jochen und Volker. Mit Jochen hatte mein Vater großen Spaß, denn dieser erzählte frei weg alle familiären Intimitäten. Meist spielte ich mit Klaus. Wir spannten ein Seil von unserem Hügel abwärts und ließen eine Seilbahn herunter fahren. Auch gab es Flugzeuge aus grauem Kunststoff, mit denen man Kriegsspiele machen konnte. Die Buben hatten eine sehr strenge Stiefmutter, da ihre Mutter früh verstorben war.

Sie mussten auch bei schönster Sonne im Winter ihre Aufgaben machen und kamen daher erst nach Sonnenuntergang zum Skilaufen.

Mit dem Fortgang des Krieges sahen wir nun immer öfter am blauen Himmel Geschwader amerikanischer Bomber. Sie flogen aber über uns hinweg.

Aber auch Salzburg wurde bombardiert und der Dom, sowie Mozarts Wohnhaus, das getroffen wurde. Einmal verlor ein Bomber etliche Bomben, die meist aufs freie Feld fielen und dort tiefe Krater hinterließen. Eine fiel neben den Garten des Schreiners. Häuser wurden nicht beschädigt, aber ein weißer Spitz musste sein Leben lassen.

Nun ging es allmählich auf den Winter zu und wir mussten daher unser Sommerhäuschen unbedingt winterfest machen. Zunächst erhielten wir elektrischen Strom, denn bisher hatten wir nur Petroleumlampen und Kerzen. Es wurden Holzmasten mit Isolatoren gesetzt und Drähte gezogen. Ein netter französischer Kriegsgefangener, zu dem wir ein sehr freundschaftliches Verhältnis hatten, verlegte Rohre und Leitungen, und bald brannte im Häuschen elektrisches Licht. Wir erhielten auch Doppelfenster und die Wände wurden mit Glaswollmatten isoliert. Dann wurde uns noch ein kleiner Ofen in die Küche gestellt. Nun brauchten wir auch Holz. Von der Gemeinde erhielten wir eine Zuweisung. Dieses Holz sollte aber selbst geschlagen werden.

Das konnten wir allerdings nicht. Vater musste also Holz kaufen. Wir zogen jedoch auch in den Wald und holen Fichtenzweige.

Häufig hatte ich noch immer eine stets wiederkehrende Mandelentzündung mit Fieber. So war es auch nun wieder einmal der Fall, und die Eltern hatten große Angst um ihren einzigen Sohn, denn sie fürchteten es könne Diphterie sein. So benachrichtigten sie Herrn Hofer, einen sehr netten, verwitweten, älteren Arzt. Auf welche Weise ist mir nicht bekannt, denn wir hatten kein Telefon. Wahrscheinlich ist mein Vater zum Brunnerwirt hinunter gegangen. Jedenfalls kam Herr Dr. Hofer in der Nacht um mich zu untersuchen. Zum Glück war es keine Diphterie, wie es Dr. Hofer meinen erleichterten Eltern mitteilte. Dieser vortreffliche Mann hatte ein trauriges Schicksal, das auch später noch seinen Sohn betraf. Dr.

Hofer wohnte in einem wunderschönen Haus. Als wir einmal in seiner Praxis waren, schien die Sonne und ein Zweig mit roten Kirschen schaute zum Fenster herein. Dr. Hofer war als alter Österreicher offenbar vom Kriegswahnsinn Hitlers nicht überzeugt und hörte streng verbotene sogenannte „Feindsender". Dies bekam seine Haushaltshilfe mit und zeigte ihn an. Daraufhin wurde Dr. Hofer verhaftet und kam in ein Konzentrationslager. Da er Morphinist war, konnte er dieses Mittel dort nicht mehr erhalten und starb hierdurch in eben jenem Konzentrationslager.

Die Praxis wurde dann von einem anderen Arzt übernommen, der sich mit seiner Lebensgefährtin in Dr. Hofers Haus eingenistet hatte. Nach Ende des Krieges kehrte Dr. Hofers Sohn heim und wollte in sein väterliches Haus heimkehren, das aber der neue Arzt nicht räumen wollte. Wie die weitere Entwicklung verlief ist mir nicht bekannt. Doch kam es zu einer Auseinandersetzung und die Frau erschoss den Sohn des Herrn Dr. Hofer, worauf sie ins Gefängnis kam.

Nun, da endlich kein Krieg mehr war, änderte sich alles.

Die Amerikaner kamen Anfang Mai rückten sie in Fuschl ein. Ein einmotoriges Flugzeug kreiste über dem Dorf. Sie kamen mit Panzern an denen weiße Sterne aufgemalt waren oder mit Jeeps. Die Panzer wurden neben der Kirche auf einem Getreidefeld abgestellt. Die Kinder bettelten die Soldaten um Süßigkeiten an. Auch brachten sie Kochgeschirre mit, um übriggebliebenes Essen heimzubringen. Einmal lagerten Soldaten am See.

Sie zogen bald ab und ließen eine kleine Holzkiste zurück. Darin befanden sich Eierhandgranaten. Einige Buben warfen sie in den See, wo sie heute noch liegen dürften.

Im Wald Richtung Fischerhaus hatten die deutschen Soldaten zwei Flugzeuge stehen lassen.

Mancher Bauer hatte sich einen Armee-Lastwagen angeeignet. Einer fuhr in einem Rot-Kreuz-Kübelwagen umher. Aber alles musste schließlich an die Amerikaner abgeliefert werden.

Nun begann ernährungsmäßig eine sehr schlechte Zeit. Wir bekamen beim Bauer Brandstätter ein kleines Stück Land. Dort bauten wir Kartoffeln und verschiedene Gemüse an. Der Ertrag war aber sehr gering.

Dann gingen wir Himbeeren sammeln. Am Abend hatten wir einen Eimer voll. Den konnten wir beim Sandwirt gegen ein Brot eintauschen. Wir kochten die Himbeeren auch auf und bestrichen damit unser Brot. Auch wurden Heringe in Lebertran gebraten. Mutter ging auch mal mit mir nach Thalgau. Dort zogen wir von Bauernhaus zu Bauernhaus und bettelten um Brot. Manchmal bekamen wir ein Stück, einmal auch vier Eier.

Bei der Muschenbäuerin konnten wir zugeteilte Zigaretten gegen Butter eintauschen. Einmal erhielten wir 1300 g Butter, die zu Hause geteilt wurde nach Vaters Motto: „Der eine teilt, der andere wählt". Nach dem Krieg suchten wir den ganzen Tag Himbeeren, für die wir ein Brot erhielten. Für Pilze hatten wir eine geheime Stelle. Dort wuchsen Pfifferlinge, die Mutter so gern sammelte.

Im Sommer gab es bei Hitze eine besondere Leckerei. Mutter hatte frische Kuhmilch in Tellern aufgestellt, die zu Dickmilch mit einer dicken Sahneschicht oben wurde. Darauf kam Zucker und eine Schicht frische selbst gesuchte Walderdbeeren. Dazu gab es Brot. Gern ging ich auch mit ins Dorf zum Einkaufen. Da gab es, direkt neben einem Bach, der durch das Dorf floss, den Gemischtwarenhändler und Schuster Rettenbacher. Er war immer sehr nett und zuvorkommend. Zudem fertigte er in bester Handarbeit schöne Bergschuhe und auch feine Trachtenschuhe für Frauen. Mutter hatte ein Paar durchbrochene aus blauem Leder mit roten Herzchen an den Enden der Schnürsenkel. Die Frau verkaufte im Laden und wurde von der Fanny, einem jungen Mädchen, unterstützt. In Fuschl ging ich auch in die Dorfschule. Vater wollte mich nun aufs Gymnasium nach Salzburg bringen. Nach einer Prüfung wurde ich ins Bundesgymnasium aufgenommen. Wir waren dort- wie es in Österreich möglich ist - als Privatisten, d.h. mein Vater unterrichtete mich selbst. Dazu fuhr er wöchentlich einmal nach Salzburg und holte bei einem Schüler Lernstoff ab, den er dann mit mir durchging. Halbjährlich musste ich dann am Gymnasium eine Prüfung ablegen um versetzt zu werden. So kam das Jahr heran, in dem mein Gesundheitszustand sich verschlechterte. Die Mittelohrentzündung aus meiner früheren Kindheit hatte sich weiterentwickelt. Ich sah doppelt, konnte die Zunge nur schief herausstrecken und hatte außerordentlich starke Kopfschmerzen. So wurde ich schnellstens in ein Landeskrankenhaus in Salzburg eingeliefert und musste dort 6 Wochen bleiben.

Mehrere schwere Operationen auf Leben und Tod musste ich überstehen.

Das Fieber und die Bakterien wurden mit dem von den Amerikanern gelieferten Penicillin bekämpft. Ich wurde nach überstandener Behandlung mit einem anderen Patienten in einem Kollodium den Amerikanern vorgestellt.

Der Primararzt, der mich operiert hatte, starb kurz darauf an einem Herzinfarkt während einer Fahrt mit seinem Auto. Er war mein Lebensretter gewesen!

Endlich durfte ich wieder heim nach Fuschl. Vater hatte mir inzwischen eine Naturlandschaft auf einem Teich in der Veranda aufgebahrt.

Da gab es einen Teich mit Segelschiff, eine Berghütte mit Einrichtung, einen „Erlkönig" genannten Wurzelmann usw. Noch heute denke ich voller Freude daran zurück, wie sehr er mir seine Zuneigung und Wertschätzung zeigte – eben durch all diese Dinge, die er für mich herstellte.

Vater hatte schon seit mehreren Jahren ein Prostataleiden. Er musste seit geraumer Zeit ein Dauerkatheder tragen und musste immer wieder nach Salzburg zum Arzt. Es erhob sich die Frage, ob er sich operieren lassen sollte oder nicht.

Er besprach es aber nicht mit meiner Mutter, vermutlich wollte er sie schonen. So musste er schließlich 1946 ins Krankenhaus. Mutter wollte ihn eines Tages im Krankenhaus besuchen. Ihr Besuch verzögerte sich aber, da der Bus abrutschte und an einer Wand hängen blieb. Zu diesem Schreck kam bald der nächste. Als sie schließlich im Krankensaal anlangte, erhielt sie den Bescheid, dass Vater gerade operiert werde.

Vater lag längere Zeit im Krankenhaus und es zeigten sich keine Genesung und kein Fortschritt.

Eines Tages, es war im Herbst 1946, holte ich mit Mutter Holz im Wald. Als wir heimkamen, erschien ein Postbote mit einem Telegramm. Es enthielt folgende Worte:

„Vater im Sterben, Landeskrankenhaus." Wir ließen alles stehen und liegen. Wie wir nach Salzburg gekommen sind, weiß ich nicht mehr. Wahrscheinlich haben wir ein Auto angehalten.

Vater lag nicht in seinem bisherigen Bett.

Man hatte ihn in eine Ecke gelegt, in die er eigentlich nicht gewollt hatte, da hier schon jemand verstorben war. Vater sah sehr verfallen und weiß aus. Er ahnte, dass es mit ihm zu Ende gehen würde, denn er sagte:

„Morgen früh um acht ist alles vorbei". Wir gingen dann zu einem älteren Ehepaar, das wir kennengelernt hatten, und wo wir übernachten konnten.

Die Leute waren sehr sozial und fromm. Sie hießen Müringer. Halb sieben Uhr abends ist Vater dann gestorben.

Das war der erste große Schicksalsschlag für mich. Ich war damals 13 Jahre alt

Wir konnten Vater noch einmal sehen in der sogenannten Prosektur. Man konnte nur seinen Kopf sehen. Sein Körper war mit einem weißen Laken bedeckt.

So nahmen wir beide Abschied von Vater, der unsere kleine Familie bisher beschützt hatte.

Die Trauerfeier in der alten Friedhofshalle des Salzburger Kommunalfriedhofs hielt ein Pfarrer Kruse aus Norddeutschland.

Vaters Sarg war vorher im Schaugang des Friedhofes ausgestellt. Er hatte nur einen einfachen Brettersarg mit einer schlichten, weißen Papierkrause. Die Trauergemeinde konnte man an den Fingern abzählen: Mutter, ich und drei Bekannte.

Der Sarg wurde mit einer Kurbel an einem Holzgestell hinabgelassen. Er ruht nun bereits 70 Jahre dort in tiefem Frieden. Mutter und ich waren nun in Fuschl in höchster finanzieller Bedrängnis, und damit begann die schlimmste Zeit meines Lebens, die mir heute noch als Trauma auf der Seele liegt. Vater hatte schon eine Hypothek von 900 Schilling auf sein Haus aufgenommen.

Aber dieses Geld war nun verbraucht. Daher wollte Mutter das Haus z.T. vermieten, aber wir sollten noch drin bleiben. Leider war sie auf skrupellose Hochstapler hereingefallen.

Zu dieser Zeit wurde ich durch Vermittlung des katholischen Pfarrers von Fuschl ins Johanneum, ein katholisches Internat aufgenommen. Dort ging es sehr militärisch und völlig lieblos zu, so dass ich es nicht länger als eine Woche aushielt.

Im Bundesgymnasium kam ich auch nicht mehr mit, so dass mein Verbleiben auf dem Gymnasium keine Zukunft beschieden war.

Als wir am Abend der Aufnahme ins Johanneum nach Fuschl zurückkamen, sahen wir vom Bus aus in unserem Hause Licht. Die Hochstapler hatten unser Haus besetzt und waren einfach eingebrochen. Ein Mietvertrag bestand noch keiner. Es war eine Österreicherin mit Sohn, ihr amerikanischer Geliebter, eine Tante mit Hund, eine Mutter mit Hund und ein junger Verwandter. Sie drückten uns völlig an die Wand. Wir hatten nur ein Zimmer und Küchenbenutzung. Sie übten auch Psychoterror aus und riefen einmal in der Nacht: „Jetzt, jetzt, jetzt!". Mutter hatte in ihrem Bett große Angst, denn sie glaubte, die Leute wollten schießen.

Unter diesen Umständen war ein Lernen für die Schule nicht möglich, und wir mussten unser Haus verlassen. Heutzutage hätten wir unser Haus durch die Polizei räumen lassen. Wir waren nun obdachlos und wurden durch die Gemeinde in einem eiskalten Hotelzimmer im Hotel Schlick untergebracht. Ich konnte mich nur im Bett oder in der Gaststube aufhalten. Das Gymnasium hatte ich verlassen und musste unter dem Spott von einheimischen Mitschülern wieder in die Dorfschule zurück. Im „Schlick" waren wir nicht lange. Wir wurden umquartiert in ein Zimmer eines alten Bauernhauses, des sogenannten Stöger Hauses.

In der Zwischenzeit war Mutter krank geworden und musste ins Krankenhaus nach Salzburg. Somit war ich nun gänzlich heimatlos. Zuerst kam ich zur Familie Moosberger. Diese stammte aus Südtirol. Frau Moosberger hatte ein Spinnrad und spann Wolle zu Garn. Sie konnte davon leben, zudem kochte sie gut. Ich hatte einen großen Appetit. Dies kommentierte Frau Moosberger mit den Worten: „Die Mutter sagte, das Bübl isst nicht viel und braucht nicht viel und so ein Vielfraß". Besonders übel war der Schwiegersohn. Er wollte mich weghaben und drohte, mich die Treppe hinunterzuwerfen- So konnte ich dort nicht länger bleiben. Dann kam ich zum Bauern Wiesental. Da schlief ich hinter dem Ofen. Die Bauernbuben wollten mich auch nicht und sprangen durch die Fenster in die Wohnstube und schlossen die Fenster. Ich drückte dagegen, die Scheibe zerbrach und ich hatte eine tiefe blutende Wunde am Handgelenk, die genäht werden musste.

Ich verletzte mich oft an war tief unglücklich zu dieser Zeit. Verlorener habe ich mich in meinem gesamten Leben nicht mehr gefühlt.

Eines Nachts landete ich dann im Landeskrankenhaus Salzburg. Mutter wurde aus dem Schlaf geholt und erreichte, dass ich für eine Nacht dort bleiben konnte. Ich übernachtete im Bad.

Plötzlich erwachte ich. Im gleichen Raum lag eine Sterbende. Sie erhielt von einem Priester die letzte Ölung.

Nach Mutters Entlassung zogen wir, wie gesagt, ins Stögerhaus in ein feuchtes Zimmer mit rußendem Herd.

Dort wohnte auch eine Wiener Familie. Herr Riebwicker mit Frau, beide ehemalige Lehrer und ihre Tochter, Frau Werther mit ihren Kindern, sowie deren Bruder Karl.

Mit Herrn Riednicker freundete ich mich an. Sie hatten einen kleinen schwarzen Hund namens Maxi.

Mit Herrn Riednicker. spielte ich Schach. Er regte sich immer sehr auf wenn er verlor. Auch Stenographie übte ich mit ihm. Er baute mir sogar einen Kaninchenstall, aber Kaninchen kamen keine hinein.

Für unser Haus hatte sich nun ein Käufer interessiert.

Er arbeitete bei der amerikanischen Briefzensurstelle und konnte daher alle Briefe lesen, die aus Deutschland an uns gesendet wurden und die wir verschickten. Er wollte unsere Möbel kaufen und kam wenige Tage vor der Währungsreform mit Reichsmark an, deren Abnahme wir aber verweigerten, da sie nur kurz darauf 3:1 umgetauscht worden wären.

Danach behauptete er, wir hätten mit seinen Möbeln vermietet, die er doch noch gar nicht bezahlt hatte, und wir erhielten nichts, bis zum heutigen Tag.

Unser ganzes Bestreben war nun Österreich zu verlassen und nach Leipzig zurückzukehren, denn wir wollten dem Elend und unseren persönlichen Enttäuschungen und Verlusten in Österreich entfliehen.

Eine Ausreisegenehmigung erhielten wir damals im Herbst 1948 nicht, und so blieb uns nur die Flucht. Mutter hatte bei einem Schwarzhändler 100 DM eingetauscht. Es waren aber nur 50.- West und 50.- Ost.

Wir fuhren mit unserem Gepäck von Fuschl mit einem Lastwagen der Firma Leitner nach Salzburg. Mutter konnte glücklicherweise im Fahrerhaus mitsitzen, ich saß oben auf dem Lastwagen, der mit Kisten beladen war.

Es wurden auch noch 2-3 tote Kälber darauf geworfen, so langten wir in Salzburg an. Dann ging es nach Großgmain. Es liegt an der Landesgrenze.

Gegenüber befindet sich das deutsche Bayrisch Gmain. Dazwischen bildet ein ausgetrocknetes Bachbett die Landesgrenze.

Dieses Bachbett überschritten wir unbehelligt und kauften uns eine Fahrkarte nach Hof.

Dort lebte ein alter Mann, Herr Pippig, mit seinem Sohn, den Mutter noch aus den 20-er Jahren kannte. Sie holten uns von der Bahn ab und wir durften bei ihnen übernachten. Wie sollten wir nun über die nächste Grenze in die SBZ gelangen?

Es gab in Hof ein Lager für sog. „Illegale", die aus der SBZ geflüchtet waren und nach dort wieder abgeschoben werden sollten. In diesem Lager fanden wir Aufnahme. Alsbald ging es mit der Bahn und anderen Lagerinsassen nach Weischlitz (Bayern).

Dort stiegen alle aus und mussten nun zu Fuß in der Nacht über die SBZ-Grenze in das mehrere Kilometer entfernte Gütenfürst (SBZ) laufen. Ich hatte einen großen Koffer auf dem Rücken und habe mir dabei einen Wirbelsäulenschaden geholt, der mich mein Leben lang begleiten sollte. Ab Bahnhof Gutenfürst ging es dann mit der Bahn nach Leipzig. Es war gut, wieder in Leipzig zu sein.

Hier hatte Dora, eine Freundin der Schwester meiner Mutter, uns ihr Wohnzimmer für den Anfang zur Verfügung gestellt. Darin befand sich ein großer Gummibaum, was dem Zimmer eine besondere Ausstrahlung verlieh. Hier begann nun für mich von ganz unten her der zwar langsame aber stetige Aufstieg. Ich kam in die 8. Lateinklasse der Thomasschule, die damals in der Lessingstrasse. Untergebracht war.

In dieser Klasse befanden sich auch die Alumnen des Thomanerchors.

Ich war sehr fleißig, hatte gute Noten, und kam im Gegensatz zu Salzburg sehr gut mit. Es gab nur das Problem Oberschule oder nicht. Arbeiter- und Bauernkinder kamen automatisch hin. Bürgerliche wurden abgelehnt.

Da mein Vater tot war und Mutter eine arme Rentnerin kam das Bürgerliche nicht so zum Vorschein.

Außerdem war der Direktor ein Liberaler. Und Dora war auch eine ausgewiesene Liberale.

Über diese Beziehung gelang es mir auf die Thomas-Oberschule zu kommen. Unter diesem Regime war das für mich die einzige Möglichkeit das Gymnasium besuchen zu können.

Die Thomas-Oberschule siedelte bald über in die Hillerstraße, wo sie sich bis jetzt noch befindet. Hier verbrachte ich nun 4 Jahre bis zum Abitur 1953. Einige Lehrer sind mir noch in guter Erinnerung. Außer den schon angegebenen war da unser erster Griechischlehrer, Herr Dr. Kupfer, ein kleiner dicker Mann mit kahlem Kopf. Er war bei mir sehr beliebt und ich bedauerte, dass er bald durch einen anderen ersetzt wurde. Wir lasen bei ihm unter anderem auch mittelhochdeutsche Literatur. Im Unterricht kam ich gut mit und erhielt sehr gute Zeugnisse. Ich wusste auch worum es ging und lernte viel. Während der Schulzeit besuchte ich auch mit etlichen Mitschülern die Tanzstunde bei Frl. Regehr. Es war noch Tanzstunde alter Schule mit Unterricht in gutem Benehmen.

Der Unterricht war in der Gaststätte „Ritter", wo es einen großen Saal gab. Die ersten Male waren die Herren allein. Es war eine sogenannte Schrittstunde, wo die Grundschritte gelernt wurden. Dann kam der große Tag, wo wir auf die Damen treffen sollten. Diese saßen am Rande der Tanzfläche auf einer Stuhlreihe. Rundum befanden sich die Eltern an Tischen. Dann wurde jeder Herr einzeln hereingerufen, ging bis zur Mitte des Saales und verbeugte sich nach allen 4 Seiten, Dann stellte er sich an der anderen Seite der Tanzfläche auf, und nach und nach stand eine Reihe Herren den Damen gegenüber.

Frau Regehr gab dann die Aufforderung: „Meine Herren, bitte engagieren sie." Die Meisten hatten sich schon eine Dame ausgeguckt und alles rannte los. Auf Kommando von Frau Regehr mussten alle zurück und dann gemessenen Schrittes auf eine Dame zugehen. Das Tanzen machte großen Spaß. Es wurden auch Tanzspiele veranstaltet. Das Tanzen habe ich zwar sehr gut gelernt, aber mit den Damen meines „Herzens" hatte ich weniger Glück. Die wurden mir von anderen weggeschnappt. Ich machte auch noch einen Kurs für Fortgeschrittene mit Herrn und Frau Regehr. Es ging alles ganz vornehm zu. Wir lernten Wiener Walzer, langsamen Walzer, Foxtrott, Rumba, Salsa Lambada. Dies war alles 1952. Es war eine gute Zeit, was das Private betraf. Doch mit dem Regime kam ich nicht zurecht. So verhielt ich mich wie viele zu dieser Zeit. Ich konzentrierte mich auf das private Leben, auf das, was uns noch an Kultur geblieben war im SED-Staat. Mit meiner Mutter ging ich auch ins Theater. Wir besuchten das Gewandhausorchester im Weißen Saal des Zoo und „die Winterreise" von Franz Schubert im Gohliser Schlösschem, Alle Unternehmungen machte ich mit Mutter. Wir waren durch unsere schweren gemeinsamen Erlebnisse nun sehr fest miteinander verbunden. Das Abitur lege ich 1953 mit gutem Erfolg ab. Es war damals politisch allerdings erneut eine schlimme Zeit. Stalin war gestorben und der Volksaufstand vom 17. Juni war blutig niedergeschlagen worden. Die Bewerbung zur Uni mussten wir in der Schule abgeben. Meine Bewerbung wurde aber von der Schulleitung unterschlagen, so dass ich keine Antwort erhielt. Auf meine Rückfrage an der Universität erhielt ich zur Antwort, dass wegen der vorangeschrittenen Zeit nur noch Philosophie und Slawistik frei seien.

So entschied ich mich also für Philosophie, nichtsahnend was in einem kommunistischen System darunter zu verstehen sei. Ich geriet praktisch auf eine Parteischule der

SED, wo bei jeder Gelegenheit die Internationale gesungen wurde. Es gab zwar auch mitunter eine philosophische Vorlesung, wie z.B. Formale Logik bei einem Dr. Horn. Im Übrigen war es nur Theorie des Marxismus-Leninismus.

Nach einem Jahr gelang es mir nach einem Gespräch mit Ernst Bloch die Fachrichtung zu wechseln. Ich konnte unter Verzicht auf das Stipendium für ein Jahr zur Biologie überwechseln.

Damit begann nun 1954 für mich die naturwissenschaftliche Ausbildung. Das Studium dauerte bis 1959. Es gab die Grundvorlesungen in Zoologie und in Botanik, sowie weitere Spezialvorlesungen.

Auch die Mediziner waren in der Anfangszeit mit dabei. So hatten wir auch Anatomie bei einem Dr. Bertolini.

Auf Wunsch führte uns der Hausmeister in den Leichenkeller der Anatomie. Hier befanden sich große Stahlbehälter, deren schwere Deckel nur mit einer hierzu konstruierten Winde hochgekurbelt werden konnten. Darin schwammen wie weiße Puppen Leichen in einer Lösung aus Alkohol und Formalin.

Es war ein unwirklicher Anblick. Wir hatten auch h interessante zoologische und botanische Praktika mit Mikroskopen und Sezierhaken. Ebenfalls gab es allerlei Tier- und Pflanzenbestimmungsübungen.

Im Studium konnte ich mich an mehreren Exkursionen beteiligen. Wir Studenten fuhren nach Gral- Muritz und

Hiddensee an der Ostsee, nach Freyburg in Thüringen. Hier besuchten wir das Kyffhäuserdenkmal.

Auch im Tautenburger Forst waren wir einmal mit Herrn Assistent Müller Pilze sammeln.

Dann galt es zunächst eine Staatsarbeit zu verfassen. Ich erhielt für eine Literaturarbeit das Thema: „Die Anpassung der Epiphyten an ihren bodenfernen Standort."

Dieses Thema interessierte mich sehr.

Weitere Studienfächer waren „Methodik und Didaktik des Biologieunterrichts", „Methodik und Didaktik des Chemieunterrichts", „Psychologie", „Pädagogik" und natürlich das sogenannte Grundstudium „Marxismus-Leninismus".

Wir mussten auch in der Schule Probestunden halten. Wenn ich bedenke, in welchem Regime, unter welcher staatlichen Führung all dies vor sich ging, und wie wenig all dies zu mir passte wundere ich mich noch im Nachhinein, wie ich das überhaupt durchgehalten habe. Ich denke, dass mir die Konzentration auf die Inhalte meines Studiums dabei geholfen haben, ebenso die Tatsache, dass meine Familie bei mir war. Doch immer wieder kamen auch Zeiten, in denen mir das gesamte Leben in diesem Staat gerade unerträglich zu sein schienen. Man wusste, dass Gegner des Regimes jahrelang in Gefängnissen landeten. Man wusste, dass alle bespitzelt wurden, dass Nachbarn gegen-einander regelrecht ausgespielt wurden, man wusste, dass Familienmitglieder funktionalisiert wurden um einen bei der Stange zu halten. All dies war bekannt. Es war eine eindeutige Diktatur, Man durfte sich nicht verraten, auf keinen Fall negativ auffallen. Man musste das Spiel möglichst mitspielen.

Es war bekannt, dass Menschen an den Grenzübergängen getötet wurden und dass Angehörige von Flüchtlingen schikaniert wurden. Von meiner Lebenssituation her war ich immer konservativ eingestellt und von daher schon grundsätzlich ein Gegner des linken Regimes, insbesondere von einem Regime, das durch die sowjetische Besatzungsmacht installiert worden war. So hegte ich schon von Anbeginn den Plan nach Abschluss meiner Ausbildung in den Westen überzusiedeln.

Die kommunistische Indoktrination fand auf allen Gebieten statt. Überall hingen an öffentlichen Gebäuden sog. Sozialistische Kampfparolen und eine wirkliche Opposition wurde nicht geduldet. Leute, die sich damit nicht identifizieren konnten, hielten sich an die Kirche, die den einzigen Rückzugsort bildete.

So schloss ich mich schon während meiner Schulzeit der „Jungen Gemeinde" an um eine einigermaßen neutrale Insel inmitten dieser Diktatur zu haben.

Die Wohnverhältnisse in diesen Jahren waren schlimm.

Ich hatte mit meiner Mutter in unserer alten Wohnung zunächst nur ein Zimmer und erst später zwei. Dies war allerdings zu dieser Zeit beinahe überall der Fall. Es wohnte in der Wohnung noch eine schlesische Familie und das verwahrloste Fräulein, das wir unglücklicherweise 1943 hereingenommen hatten.

Später wohnte hier ein Fräulein aus Pommern, das sich bald einen älteren Mann angelte und ein Kind in die Welt setzte. Dies führte zu einer erheblichen Lärmbelästigung und zu Ärger.

Ich sehnte mich aus dieser Wohnung fort. Nach dem Abitur 1953 gab es, das hatte ich vorher bereits angedeutet Schwierigkeiten.

Ich möchte es aber noch einmal schildern um zu verdeutlichen, wie sich das Leben in der DDR gestalten konnte, wenn man die „falschen" Eltern hatte, also kein Arbeiter- oder Bauernkind war.

Wir mussten unsere Anträge für die Universität nicht dort, sondern in der Schule einreichen. Der Direktor unterschlug meine Bewerbung bewusst, dies habe ich an anderer Stelle bereits beschrieben.

Auch dies war ein Akt der Willkür und Unterdrückung der typisch für das Leben in einer Diktatur ist. Mit Repressalien musste ich nun mein Studium durchziehen.

Das Stipendium entfiel für ein Jahr und ich musste von der Mini-Rente meiner Mutter leben, die zusätzlich im russischen Kaufhaus für uns putzen ging, und als Sprechstundenhilfe an einer Schule arbeitete um uns beide durchzubringen.

Während meiner Zeit im Philosophiestudium erhielt ich den Namen „ Philo".

Wir Studenten wurden zum Teil vom Staat abkommandiert.

.

So zum Beispiel zum Kartoffelauflesen, zum Aufmarschierens bei Paraden zum 1. Mai, zum Putzen von Ziegelsteinen in einer Burgruine. Es ging nicht um die Tatsache, dass wir hier für den Staat arbeiteten.

Vielmehr war es die Art und Weise wie die Bürger funktionalisiert und benutzt wurden, die mich störte und abstieß. Insbesondere natürlich wenn es um die ideologisch besetzten Dinge ging, so wie das beim Aufmarsch zum 1. Mai der Fall war.

Man wurde zu einem Statisten in einem Spiel degradiert, an dem man, jedenfalls galt das für viele, niemals freiwillig teilgenommen hätte, zumindest ich nicht – und viele andere auch nicht.

Schließlich konnte ich, und das läutete das Ende meiner Zeit in der DDR ein, das Staatsexamen ablegen und musste mich um eine Lehrestelle bemühen.

Ich hatte freilich keinen Fürsprecher und so wurde mir eine Lehrstelle in Deutzen bei Borna zugewiesen die nicht besonders attraktiv war um es vorsichtig auszudrücken.

Die Tatsache, dass Deutzen ein ödes Nest inmitten eines Braunkohlereviers war, spielte nicht die größte Rolle.

Auch nicht der Fakt, dass die Landschaft einer toten Steppe glich. Die Schule war klein und alt und, das war der Hauptpunkt, stand unter der Leitung eines jungen, überaus überzeugten Kommunisten. Hier war der Willkür Tür und Tor geöffnet.

Man war in einem solchen System dem Wohlwollen anderer auf Gedeih und Verderb ausgeliefert.

Auch dies hatte ich bereits erwähnt, es stärkte meinen Entschluss die DDR für immer zu verlassen.

An das eigentliche Examen erinnere ich mich nicht mehr. Es hat offensichtlich keinen bleibenden Eindruck bei mir hinterlassen.

Nun ging es an die Verteilung der Stellen, die von einer Behörde vorgenommen wurde, und worauf man keinen Einfluss hatte.

Ich wurde der Polytechnischen Oberschule in Deutzen bei Borna zugeteilt. Deutzen liegt südlich von Leipzig in einem hässlichen Braunkohleabbaugebiet. So musste ich frühzeitig aufstehen, mit der Straßenbahn zum Hauptbahnhof fahren, dann von dort mit dem Personenzug nach Deutzen und dann noch mit einem geliehenen Rad oder zu Fuß ein ziemliches Stück zur Schule, die in einem trostlosen Ort lag, der inzwischen wohl längst der Braunkohle zum Opfer gefallen ist. Diese bedrückend-trostlose Stelle bekräftigte und beschleunigte meinen Entschluss mich bald-möglichst nach dem Westen abzusetzen.

Es war ein mühseliges Arbeiten. Eine Sammlung chemischer Geräte gab es kaum, und ich musste im Rucksack allerhand Glasgeräte von Leipzig her anschleppen.

Am letzten Schultag vor den Weihnachtsferien, nachdem ich von September bis Dezember 1959 dort unterrichtet hatte, legte ich meinen Schulschlüssel in mein Fach mit dem festen Vorsatz nicht wieder zurückzukehren.

Weihnachten verbrachte ich nun mit meiner Mutter zum letzten Mal daheim.

Wir besuchten auch, wie es üblich war, an einem Weihnachtsfeiertag Tante Grete und Onkel August, den ich nicht mehr wiedergesehen habe. Er war damals im 85. Lebensjahr. Ich wusste schon damals, dass es wohl kein Wiedersehen geben würde.

Von meiner Familie wegzugehen, vor allem von meiner Mutter, fiel mir unendlich schwer.

Doch gab es für mich keine andere Wahl. In dieser Diktatur wollte ich nicht mehr leben.

Dies war somit das letzte Weihnachtsfest im Kreise meiner Familie. Ich erlebte es im inneren Aufruhr. Nach außen hin musste ich mich, zum Schutz aller Beteiligten, zusammennehmen und durfte mir nichts anmerken lassen.

Das war natürlich schwer, doch es gab für mich keine Alternative.

Ich weiß noch, wie ich zuvor mein Schließfach an der Schule ordentlich aufgeräumt hatte. Ich wusste, dass ich niemals wiederkehren würde. Auf der einen Seite war das wie ein kleiner Tod. Auf der anderen Seite jedoch wartete das Leben bereits auf mich.

Stille Nacht

Das Schrillen des Telefons riss Hannes und seine Mutter aus einer beschaulichen Zweisamkeit. Wie er dieses Geräusch hasste!

Ausgerechnet jetzt, gegen Abend des 24. Dezember, musste es klingeln und schrillend den stumm-friedvollen Nachmittag vor dem Fernseher im Wohnzimmer zerreißen.

Seit sein Vater im Herbst vor zwei Jahren gestorben war, besuchte Hannes die Mutter an den Feiertagen, dazu regelmäßig an allen Sonntagen des Jahres, weil sie am Wochenende für ihn zu kochen pflegte.

Es gab nicht viel zu reden, auch heute nicht, doch das gemeinsame Sitzen vor dem Fernseher ließ in ihm Gefühle an jene Zeit wach werden, als seine Geschwister noch nicht geboren waren und ihn mit ihr noch keine Sprache verband. Seine ersten Bilder stammten aus dieser Zeit,

ebenso die vage Erinnerung an das erste bewusst wahr-
genommene Läuten des Telefons. Damals war es noch
nicht dieses Samstagnachmittag – Klingeln gewesen.
Besagtes hatte sich erst vor vierzig Jahren, kurz nach seinem zehnten Geburtstag unmittelbar vor Weihnachten
angekündigt, anfangs noch zögerlich, zu Beginn des neu-
en Jahres dann mit fordernder Regelmäßigkeit, jeden
Samstag. Nachmittags, nachdem der Vater, wie ge-
wöhnlich, die Wohnung verlassen hatte, war es wie ein
Ruf ins Wohnzimmer gedrungen, um das Lachen seiner
Brüder in den Hintergrund zu stoßen.
Hannes griff nach einer Zigarette, während er die Gestalt
seiner Mutter betrachtete und beinahe erleichtert wahr-
nahm wie schwerfällig sie sich mittlerweile aus dem Ses-
sel erhob, und wie friedlich ihre behäbigen Bewegungen
nach all den Jahren endlich wirkten, als sie sich zum Telefon in den Flur begab. Merkwürdig, dass er gerade heute
daran denken musste. Vielleicht lag es daran, dass der
Heilige Abend in diesem Jahr auf einen Samstag gefallen
war. Er hatte es seit Jahren vermieden seine Mutter an
Samstagen zu besuchen, da er nicht gewillt war das
Samstagnachmittag-Klingeln zu ertragen.
Man konnte es nicht mit dem normalen Alltagsklingeln
vergleichen, schmerzhaft klirrend war es – so wie heute.
Als die Mutter das Zimmer verlassen hatte, überfiel ihn
das Geräusch seiner Kindheit ohne Vorwarnung. Es war
diese unheilvolle Weise, die das Schrillen des Telefons
weiter trug, um dann von allen Seiten, selbst von innen,
an seine Ohren zu dringen, wo sie ein Taubheitsgefühl
hinterließ, mit welchem sich nun erneut anzukündigen
schien, was früher jeden Samstag seinen Lauf genommen

hatte und noch immer in ein endloses Nichts zu münden schien. Der Zeitsprung hatte sich mit diesem Laut vollzogen: Es war nun wieder einer dieser Samstage, an denen seine Mutter teilnahmslos vor dem Fernseher saß und wie immer auf etwas zu warten schien. Ihre Stimme klang, nachdem das Signal des Telefons diese aus ihrer Starre erlöst hatte, heller als sonst, es war ihre Samstagnachmittag – Stimme. Ihr verhaltenes Lachen mit dem Unterton, den er nicht verstand, kündigte das Ritual an, welches von dieser Zeit an bis Ende letzten Jahres stattgefunden hatte. Hannes dachte daran, wie er als Kind dem Hauch ihres Parfüms nach gerochen hatte, ihrem Samstaggeruch, der alles war, was ihm an diesem Tag bleiben würde. Sie hatte sich lächelnd von seinen Brüdern und ihm verabschiedet, wie immer hatte sie die Geschichte von der Bekannten, welcher sie die Fußnägel richten würde, erzählt, und stets fand Hannes das Pediküreset in der Schublade. Hannes stemmte sich mit aller Kraft seines Willens gegen diesen Schwall vergangen geglaubter Gefühle, dennoch konnte er nicht verhindern, dass sich allmählich eine Gänsehaut über seinen Körper zog. Wie konnten dieselben klirrenden Laute aus dem Telefon dringen, wo doch ihr Verursacher, und mit ihm diese Lüge letzten Herbst, exakt ein Jahr nach seinem Vater, beerdigt worden war? Natürlich konnte ER, dieser hässlichste, feigeste aller Liebhaber, es nicht sein, wahrscheinlich war sein Bruder, oder besser der andere Sohn seiner Mutter, am Apparat. Er hatte mit seinen Geschwistern, außer der Mutter, nichts mehr zu teilen.

Es gab keine Gemeinsamkeit und keine Heuchelei mehr zwischen ihnen. Damals hatte er begriffen, dass seine

Welt nicht die ihre war, weil es falsch gewesen wäre ihnen die seine mitteilen zu wollen.

Hannes versuchte sich zu beruhigen, aber es fiel ihm schwer. Er inhalierte den Rauch seiner Zigarette und bemühte sich weniger schnell zu atmen. Es gab keinen Grund den Boden unter den Füßen zu verlieren.

Schließlich wusste er heute eigentlich nicht einmal mehr warum er damals immer wieder in der Schublade nachgeschaut hatte. Vielleicht hatte er gehofft, dass seine Mutter wenigstens einmal die Wahrheit gesagt hätte.

Die Wahrheit, sie war nicht mehr wichtig.
Hannes schenkte sich ein wenig Kaffee nach und bemerkte mit Erleichterung, dass der Druck aus seinem Kopf gewichen war.
Das Schweigen hatte sich wie ein Mantel um die Familie gelegt, um den Vater der nichts wissen sollte, um die jüngeren Brüder, die er schonen musste, um seine Angst. Es war nicht mehr wichtig, gleichgültig, egal. Die Erdschollen hatten alles zugedeckt.
Hannes beobachtete die weißen Flocken, die auf dem Fernsehbildschirm tanzten, und fühlte, wie er ruhiger wurde. Die Zeit war auf seiner Seite. Letzten Herbst hatte das Telefon aufgehört samstags zu klingeln.
Seither hatte sich seine Mutter endlich verändert. Nun schien sie auf nichts mehr zu warten, wenn sie vor dem Fernseher saßen. Sie war einfach nur noch da.

Nachher würde er den Telefonstecker herausziehen, und sich mit ihr den alten Weihnachtsfilm, den sie so sehr liebte, ansehen.

Ohne Schnee

Ein Rentier ohne Schnee Ein Rentier ohne Schnee Ein
Rentier ohne Schnee Ein Rentier ohne Schnee Ein Rentier
ohne Schnee Ein Rentier ohne Schnee Ein Rentier ohne

ohne Schnee

ohne Schnee

im Überfluss

Maria

Niemand wusste wer ihre Eltern waren. Irgendwann hatte sie als Säugling auf der Treppe der Kirche eines tristen Vororts von Dublin gelegen. Von dort aus hatte man sie in ein Kinderheim gebracht. Sie war schon als winziges Baby vom *„Teufel besessen"*, so tuschelte man von Zeit zu Zeit. Als Säugling habe sie, sobald man sich ihr näherte, geschrien bis sie blau anlief, und ihre Augen hätten dabei vor Zorn nur so gefunkelt, erzählte man sich.

Amber, die Amme, der man sie vertrauensvoll versuchte an die Brust zu legen, konnte von diesem Augenblick an keine Milch mehr geben. Sie starb kurze Zeit später mit verwirrten Sinnen und aufgeblähten Eingeweiden. Allen war klar, dass Amber *„am bösen Blick der kleinen Kreatur"*, wie es hieß, verschieden war.
Als das Unglückskind getauft werden sollte, erstickte es beinahe. Sein Kopf schien zu platzen, gerade so als würde das Weihwasser es umbringen und seinen Schädel zerbersten lassen.
Man gab ihr nach ehrfürchtigen Gebeten und Überlegungen den Namen der Muttergottes, der heiligen Jungfrau Maria, weil man hoffte den Satan auf diese Weise aus dem erbarmungswürdigen Geschöpf heraus zu treiben.
Bei diesem rothaarigen und unglaublich hässlichen Wesen war jedoch selbst dieses Opfer vergebens, wie sich bald darauf herausstellen sollte.
Niemals ließ Maria jemanden an sich heran, keinem schaute sie in die Augen, und wären diese nicht von einer so eigentümlichen Intensität gewesen, welche den Betrachter aufzufordern schien sich mit ihnen zu beschäfti-

gen, hätte wohl niemand gewusst, welche Farbe sie überhaupt hatten. Sie waren von einem befremdlichen graugrün, dabei schienen sie nichts Menschliches an sich zu haben, und so war man erleichtert, dass Maria den Kopf stets zur Seite drehte und mit ihren *„Teufelsaugen"* ins Leere zu blicken schien. Man hatte Maria wohl richtig eingeschätzt: als sie nämlich ihre ersten Zähne bekam, biss sie ihre Kinderschwester Therese ohne ersichtlichen Grund so heftig bis diese wild blutete.

Obwohl ihre Zähne noch nicht über die Größe und Härte der Zähne Erwachsener verfügten, so waren sie doch nicht weniger scharf. Sie waren merkwürdig spitz zulaufend, wie winzige, elfenbeinfarbene Säbel.
Maria, auch wenn man bedauerte sie jemals auf diesen Namen getauft zu haben, schlug obendrein verzweifelt nach jedem Kind, welches versuchte sich ihr zu nähern.
Im Gegensatz zu den Erwachsenen schienen die Mädchen und Buben allerdings keinerlei Angst vor ihr zu haben, so dass sie erst nach einiger Zeit der Abschreckung Ruhe vor ihnen fand. Sollten die Kinder Maria mit anderen Augen sehen als die Erwachsenen?

Nachts konnte man aus ihrem Bett ein leises, monotones Wimmern vernehmen, dem die stetige Wiederholung eines Wortes folgte, das niemand verstand. War es ein Zauberwort? Niemand konnte das mit Bestimmtheit sagen, aber es war auch nicht wichtig. Es sorgte in jedem Falle für Schlaf, wiegte die Kinder tiefer und tiefer in ihre Träume und hielt Maria wach. Morgens, wenn es Zeit war aufzustehen, krallte sie sich regelmäßig an der Bettdecke fest und fauchte die Kinderschwester wütend an.

Ihre Glieder lagen dann verkrümmt und ineinander verschlungen auf der weißen Matratze, ihr ausgemergelter Körper hatte fast die gleiche Farbe wie das Laken- nur das blassrote Haar und das Funkeln der grünen Augen zeugten von der Lebendigkeit dieses „Teufelsbündels", wie sie von den Schwestern tuschelnd genannt wurde.

Mit gesenktem Kopf und schleifendem Schritt, dennoch lauernd, sich mit ihren Armen gegen imaginäre Feinde schützend, schlich sie schließlich, mit den Jahren zunehmend langsamer, in den Waschsaal.

Leise, sehr leise, so als wollte sie die Mitschülerinnen durch ihre Anwesenheit nicht unnötig aufschrecken. Während sie den Saal betrat, zog sie beinahe unmerklich ihre Nase mit einem Zittern hoch, sie nahm, wie jeden Morgen, ihre Fährte auf.

Während des Waschens und Zähneputzens blickte sie sich ständig um und achtete mit peinlicher Genauigkeit darauf, dass sich niemand ihrem Waschbecken und somit ihrem Revier näherte.

Später, im Speisesaal, schlang sie ihr Essen in jeweils atemberaubender Geschwindigkeit herunter und saß dann mit abwesendem Blick bei Tisch, wobei sie mit ihren Fingernägeln vorsichtig an der Holzkante kratzte.

Während des Unterrichts wirkte sie zumeist verschlossen und in sich gekehrt, dennoch schien sie alles in sich aufzunehmen. Nachmittags, wenn die anderen Kinder im Klosterpark zu spielen pflegten, schlich sich Maria in ihr Bett, wo sie sich in das Laken krümmte und leise dieses eine Wort, welches niemand verstand, sang. Maria sang es in den unterschiedlichsten Tonarten und Geschwindigkeiten, mal schnell und gehetzt, dann wieder langsamer, schrill, tief, heiser, hell.

Sie sang es immer und immer wieder, wiegte sich währenddessen selbst und zog das Laken dabei so eng um sich, bis sie ihre Arme nicht mehr spüren konnte. Wenn dann, nach einiger Zeit, ihre Arme zu kribbeln begannen, lachte sie.

Es war kein gewöhnliches Lachen sondern ein Gurren, welches verhalten zu einem glucksenden Lachen anschwoll und wie der Schrei eines Fabelwesens aus ihr herausfuhr. Dieses Ritual wiederholte sich jeden Nachmittag hier in ihrem Paradies, in dem sie niemals jemand stören konnte. In dieser Gewissheit ruhte sie sich aus.
Heute aber, einen Tag vor Weihnachten, sollte es anders sein. Der frommen Kinderschwester Therese war Marias Fehlen aufgefallen, so dass sie das Kind suchen gegangen war und es schließlich im Schlafsaal ganz in sich versunken fand.
Das frisch gemachte Bett zerwühlt, mit all ihrer Kleidung lag Maria dort und scherte sich um keine Regel der Welt! Unmut stieg in der frommen Therese auf, so dass sie mit schneidender Stimme Marias Lachen durchschnitt und sie an der Schulter herumriss. Ein fürchterliches Geräusch, welches wie der Schrei eines großen Vogels klang, kündigte den ersten Kratzer an, den Maria der Kinderschwester zufügte. Als diese Maria daraufhin schüttelte, um sie zur Vernunft zu bringen, riss das Mädchen seinen Mund auf und biss mit seinen kleinen Säbeln zu, während seine Hände sich in den blutenden Arm krallten. Sie hatte

die fromme Therese schon einmal gebissen, diesmal jedoch war der Biss noch viel kräftiger, verzweifelter.
Die Kinderschwester schrie voller Entsetzen auf, versuchte Maria wie eine tolle Hündin abzuschütteln, aber Maria ließ sich nicht beirren.

Erst als die junge Frau auf dem Boden zusammenbrach, erwachte Maria aus ihrer Trance. Ungläubig starrte sie auf die still daliegende, ihr sonst so verhasste Erzieherin. Ein nie gekanntes Gefühl begann sich in ihr zu regen.

Sie kniete neben der Schwester nieder, begann den hemmungslos blutenden Arm der Verletzten zu streicheln, wobei sie beschwörend ihr rätselhaftes Zauberwort murmelte. Maria zitterte, während sie leise aber nachdrücklich auf ihr Opfer einsprach, so, als wollte sie ihr besonderes Wort mit der anderen teilen, um den Schmerz, den sie ihr zugefügt hatte, zumindest abzumildern. Therese stutzte trotz des überwältigenden Pochens in ihrem Arm. Sollte dieses Wesen am Ende doch Gefühle haben? *„Halleluja, ein Weihnachtswunder!"* hauchte die Schwester mit zuckenden Augenlidern, bevor ihr endgültig schwarz vor Augen wurde.

Später erzählte die fromme Therese jedem, der es hören wollte, dass der Teufel den Körper der kleinen Maria just in dem Moment verlassen habe, in dem sie in Kontakt mit ihrem schwesterlichen, durch das im Gebet gereinigten Blut gekommen sei. *„Ein Weihnachtswunder!"* Staunte man noch viele Jahre nach dem Ereignis, und selbst Maria begann irgendwann einmal daran zu glauben.

Das war vielleicht das größte Wunder.

Nicht ohne einen gewissen Stolz trug Therese seither die zu einer kreisförmigen Vernarbung gewachsene Erinnerung an Maria mit sich umher.

Im Zug

Meine Bekannte hat Probleme mit Menschen aber sie spricht nicht gern darüber. Besonders nicht mit mir. Meine Bekannte meint nämlich, mit meinem Nähe-Distanz-Problem sei ich sowieso nicht kompetent um ihr in diesen Dingen einen Rat zu geben. Außerdem hat sie Angst davor was man von ihr denken könnte.

In K. ist das auch tatsächlich ein Problem. Ob es am See liegt oder an den Bergen? In K. gibt es Beiklänge. Schwer zu erklären was das ist, aber die Beiklänge zerstören Worte und damit auch Menschen.

Warum sonst überkommt mich diese tröstende Sicherheit wenn ich wieder mal im Zug von K. wegfahre, zur Weihnachtsfeier mit meiner Familie. Diese pochende Erleichterung die mit jeder Minute wächst in der der Zug hinwegruckelt von allen die ich kenne.

Aber, halt. Das stimmt nicht ganz. Im Zug da gibt es diesen Mann. Ich nenne ihn den Seher. Er steigt immer einen Bahnhof weiter ein und sammelt von den Plätzen auf was er so finden kann.

Eine Brille vergrößert seine Augen ins Unerträgliche. Der Seher fährt so lange mit bis er genug zusammensuchen konnte. Er kann nicht ohne etwas aussteigen.

Mir zwinkert er jedes Mal hinter dieser unbarmherzigen Brille zu und ich glaube, dass ich ihm ähnlich bin auf irgendeine komische Art und Weise und doch auch wieder gänzlich unähnlich.

Natürlich sammle ich keine Flaschen, Zeitungen, Zigaretten oder so was.

Ich sammle Worte. Echte Worte. Manchmal muss ich der Geschwätzigkeit das Wichtige entreißen. Und der Stille.

Mit Fremden spricht man zuweilen mehr, zuweilen weniger. Wenn, dann aber furchtloser. Manchmal muss ich ihnen ganz schön auf die Pelle rücken. Oder sie mir.

Im Zug ist das niemals ein Problem.

Aber die darf sonst keiner kennen. Diese geheime Wortsucht, Geheimsucht, Sehnsucht.
Es geht nicht anders. Und im Zug bleibt alles ungeahndet.
Das gibt Gewissheit. Ich werde nicht ohne etwas aussteigen. Nicht ohne etwas aussteigen.
Doch warum ist da plötzlich dieser Bekannte aus K. Er ist mit mir eingestiegen. Weiß er denn nicht, dass er damit meine Welten durcheinander wirft. Vor ihm kann ich doch nicht sprechen.

Und dann kann ich nicht aussteigen.

Ich sehe ihn an. Sein Lächeln gefällt mir. Sehr sogar. Und seine Hände.
Aber das kann ich ihm doch nicht einfach sagen. Hier im Zug könnte ich es sagen. Das stimmt.

Im Zug gibt es außer den Geräuschen des Zuges selbst keine Beiklänge.

Nur wird er zurückkehren nach K. Und dort werden Beiklänge meine Worte zerstören.

Es gibt nur wenige, denen die Beiklänge nichts anhaben können.
Ob er dazu gehört? Ich werde es wohl nicht erfahren.

Er steigt mit dem Seher aus, läuft zur Unterführung. Der Seher geht über die Gleise in die andere Richtung.

Eine Zeitung zerknüllt unter dem Arm. Eine Zigarette und ein verzerrtes Grinsen im Gesicht, Flaschen in den Händen.

Der Zug fährt an. Ich stehe am Fenster. Jemand streift beim Vorbeigehen meinen Arm.

Blass ist er und irgendwie verlegen. Bleibt trotzdem neben mir stehen und beginnt zu erzählen.

Seine Augen ruhen auf meinem Mund.

Ich spreche mit ihm ohne nachzudenken. Im Zug ist das niemals ein Problem. Es gibt keine Beiklänge.
Worte. Echte Worte. Sie zeigen mir den Weg und die Endstation.

Denn immer wenn ich sie gefunden habe, komme ich auch an.

Worte

Ein Mensch zeigt sich, finde ich, häufig in seinen Worten. In der Art und Weise, im Charakter dessen was seine Worte in ihrer bestimmten Anordnung ausdrücken, was sie beschreiben und wie sie es tun.

In manchen dieser Anordnungen liegt eine besondere Schönheit, eine bestimmte Leichtigkeit oder Eleganz, vielleicht sogar auch Scharfsinn, Tiefe oder Stärke; möglicherweise eine erleichternde Klarheit oder ein fesselndes Mysterium.

Es kann Eitelkeit darin liegen, Bescheidenheit oder der einfache und unbedingte Wunsch nach einer übergeordneten Wahrheit, die man in den Worten zu finden glaubt.

Es gibt die atemberaubenden Wortarchitekten, es gibt die Eroberer und Jene welche die Sprache auseinander reißen um sie neu anzuordnen, die stillen Poeten gibt es, die klaren Philosophen und allerlei verblüffende Wortjongleure jeglicher Couleur.

Und es gibt bei einigen der oben Genannten durchaus die, die etwas ausdrücken. Die wirklich etwas sagen.
Die, die selbst hinter ihren Worten hervortreten. Und eben jene sind für mich die wahren Dichter.

Manchmal sind es besondere Sätze die sie formulierten, eben so wie nur sie sie formulieren konnten weil diese mit ihnen auf das Engste verwoben sind.

Es sind solche Sätze die man einmal gehört oder gelesen hat, und die einen im Anschluss über die Jahre begleiten.

Es gibt solche Sätze die ich mir aufschreibe und die ich mit ins Bett nehme wenn es mir schlecht geht und ich einer besonderen Stärkung bedarf.

Es sind die Sätze, die ich mir in die Handtasche packe wenn ich zu einer Beerdigung gehen muss oder zu einer Prüfung.

Manchmal stecke ich sie auch in die Hosentasche – meistens dann, wenn ich wieder mal den Glauben an die Menschheit verloren habe.

Um ehrlich zu sein bin ich ziemlich wählerisch was diese Sätze, diese individuellen, einmaligen Anordnungen der Worte, betrifft.

Weitaus wählerischer als beispielsweise in der Auswahl meiner Handtaschen und Hosen.

Und das muss ich auch sein, denn wie sonst könnten sie sonst eine wirksame Gegenkraft entfalten.

Und genau das tun sie, diese aus einfachen Buchstabenfolgen zusammengesetzten Worte.

Man kann sie einfach nicht, das muss ich eigens nochmals betonen, hoch genug einschätzen!

Dies widme ich einem Freund.

Er wird wissen, dass er gemeint ist. Falls nicht, dann helfe ich ihm hiermit auf die Sprünge.
Er hat nämlich, und das wird kein Zufall sein, den gleichen Vornamen wie Kafka.

Weihnachtssonne

Nachhaltiger als an sich
abgestumpften
Sonnenstrahlen
wärmt das Herz sich in der
Weihnachtsrunde

Gelegentlich zumindest.

Dort,
wo Geschichten Umgebung
Umgebung Geschichten zieren.

Für das Viertel einer Stunde

Weihnachtssonne

Verbrennt uns nicht mehr.

Verschlagen

Im Winter schlägt sie Tür und Fenster
Lässt kaum noch Wärm´ zur Stube raus
Vertreibt nur kurz daraus Gespenster
Verschont auch nicht die eine Maus.

Wenn draußen Wind und Kälte girren,
knallt sie bis dass die Fenster zittern,
Spalt ´ sie den Rahmen wie ein Beil,
zerreißt ihr Schlag des Abends Wirren.

Sie hält die Faust zur Drohung feil
als könnte sie durchaus nicht irren,
die Fenster, vornehm, alleweil,
dabei bedächtig klirren.

Das Weihnachtsgeschenk

Dieses Weihnachten hat mir mein Mann endlich eine Waschmaschine geschenkt.

Die Art, wie sie da stand, unbeholfen neben dem schlanken Tannenbaum, dabei unfreiwillig drohend, die Atmosphäre des weihnachtlich geschmückten Zimmers zu entweihen, entlockte mir ein Schmunzeln. Als jedoch mein Mann begann, über ihre Dickbäuchigkeit zu lachen, musste ich sie energisch schützen, denn einst war eine Waschmaschine meine Wiege gewesen.

Manchmal nämlich, wenn meine Großmutter damals zu müde war, um mich durch Herumtragen zu beruhigen, stellte sie mich in meinem Tragekörbchen auf die Waschmaschine, setzte sich auf einen Schemel daneben, und beobachtete, wie ich durch das monotone Schütteln und Rütteln der Maschine stiller wurde und schließlich einschlief.

Durch das Bullauge sah sie der nassen Wäsche zu und glaubte in ihr das Leben zu erblicken, welches weggespült, gewissermaßen rückgängig gemacht wurde.

Das hat sie mir später oft erzählt.

Meine Großmutter hat es genossen, so dazusitzen, und der Waschmaschine einfach zuzusehen.

Dreck und Windeln wurden wieder sauber, Wasser und Waschmittel gaben der Wäsche eine zweite, dritte, vierte Chance, sie wurde jedes Mal neu geboren.

Aus dem Waschwasser kam sie so nass wie kurz zuvor ich aus dem Fruchtwasser- unschuldig, watteweich.
Wie meine Großmutter mir später meine Tränen weggewaschen hat als ich nach meiner Mutter, die nie mehr kommen würde, gerufen hatte, so half ihr die Maschine, die ihren wegzuspülen, das Bratenfett, den Schmutz, die Erschöpfung, das Leben.

Das Wäschewaschen war ihr Ritual. Wie gebannt starrte sie Woche für Woche auf das sich kaleidoskopartig verändernde Bild der herumwirbelnden nassen Kleidungsstücke während ich im Schoß dieser Wiege schlief und, ohne es jedoch zu wissen, so einiges über das Leben lernte. Seither achte und ehre ich Waschmaschinen. *„Danke"*, sagte ich zu meinem Mann. *„Sie ist mein schönstes Weihnachtsgeschenk"*.

Er nickte. Aber ich glaube nicht, dass er verstanden hat, warum.

Das alte Haus

Das alte Haus war eigentlich gar nicht so sonderlich alt. Wie es also zu seinem Namen kam steht ein bisschen in den Sternen, um ganz ehrlich zu sein. Es könnte damit zusammenhängen, dass eine sehr alte Frau darin gewohnt hatte, bevor sie gestorben war. Offenbar gab es keine Erben, so dass das Haus lange Zeit leer stand und allein schon aus diesem Grund reichlich Stoff für Mythen und abenteuerliche Geschichten bot. Es hieß, dass man in ruhigen Nächten ein leises Klavierspiel vernehmen könne, wobei es sich hierbei eindeutig um ein Stück von Chopin handelte. Dies wiederum nahm man zum Anlass, um eine unglückliche Liebe vorauszusetzen, die sich in diesem Haus noch immer auszudrücken pflegte, nun da alle möglichen Protagonisten bereits verstorben waren.

Tatsächlich hörte auch ich diese Musik. Ich muss vorab darauf bestehen, dass ich kein Mensch bin, der Gerüchten leichtfertig folgt. Und doch hörte ich das Spiel sehr genau. Und ja, es musste Chopin sein. Selbstverständlich traute sich niemand nachzusehen, um den Spuk aufzuklären. Was mich persönlich von der Geister-Theorie abbrachte, war die Tatsache, dass die Chopin-Stücke variierten. Es waren nicht nur verschiedene Stücke von ihm, vielmehr wurden sie auch zuweilen schlechter und zuweilen besser gespielt, gerade so, als sei jemand mit Üben beschäftigt.

Dies jedoch behielt ich für mich. Ich bin davon überzeugt, dass nicht jedes Mysterium danach trachtet enttarnt zu werden. Und so lauschte ich den vielen Chopins über Monate, ja, sogar über Jahre hinweg. Ich erlebte, das derjenige, der immer in diesem Haus spielte, es mit der Zeit zu einer Chopin-Meisterschaft gebracht hatte. Meine heimlichen Konzerte genoss ich ganz außerordentlich.

Zuweilen sah ich eine schmale Gestalt das Haus verlassen. Manchmal wartete ich, bis sie wieder zurückkam. Gelegentlich vergingen viele Stunden, dann wieder nur einige Minuten. In dieser Hinsicht konnte man sich auf nichts verlassen.

Das einzig Verlässliche war die Tatsache, dass an den Abenden, besonders an ihnen, Chopin gegeben wurde.

Es existierte da eine kleine Angst in mir, die mit den Jahren wuchs. Die Angst die Musik, die aus dem Haus zu mir drang, könnte verstummen. Spätestens dann, das wusste ich, würde ich nachsehen müssen. Zu meiner Erleichterung indes klingt es nach wie vor, und von Tag zu Tag besser, wie mir scheinen mag.

Mittlerweile ist es so, dass ich mich nun auf die Abende freue. In den Abendstunden nämlich klingt die Musik noch deutlicher an mein Ohr als sonst.

Es ist beinahe so, als würde die Musik mich berühren, anfassen und umarmen, einhüllen und beruhigen.

Insgesamt ist das schwer zu erklären, doch kann ich sie nicht mitnehmen, um es selbst zu hören.

Chopin hört man nämlich, das ist eine Regel, am besten ganz für sich allein.

Der Weihnachtsstern

Zum letzten Weihnachtsfest mit meiner Mutter, sie verstarb am 6. Januar, hatte sie sich noch selbst einen roten Weihnachtsstern gekauft. Diese Pflanzen leben normalerweise nicht lange, doch tröste ihre außerordentliche Schönheit darüber hinweg. Dieser Weihnachtsstern war bei ihr, all die Zeit die ihr hier noch blieb. Was mich persönlich verwunderte war, dass er, entgegen all der Weihnachtssterne vor ihm, sogar noch im Sommer blühte.

Winterwende

So lange scheint es gar nicht her zu sein, dieses Frühjahr, in dem mir Lilly eine Blume gezeigt und mir gesagt hatte, dass hier eine Blume geboren worden war. Sie war mir immer wie ein magisches kleines Wesen erschienen, so winzig und verträumt. Man konnte nicht sagen, dass sie nicht in diese Welt gepasst hätte. Denn das tat sie. Sie passte nicht nur hinein – sie machte sie vielmehr schöner. An manchen Tagen erschien mir allein ihre Existenz der einzig nachvollziehbare Grund zu sein, warum wiederum mir selbst das Leben so schön erschien.

Durch ihre Augen war es das und sie zog mich in all ihre großen und kleinen Wunder mit hinein – und das mit einer Vehemenz, die wohl nur Kinder noch aufzubringen imstande sind.

Einmal trug sie einen toten Maulwurf in ihren zarten, weißen Händen heran und selbst der im Grunde unschöne Akt, diesen bereits der Verwesung anheim gefallenen Maulwurf zu begraben, wurde an ihrer Seite zu einem Erlebnis. Sie nannte ihn „Braunschnäuzchen" und legte großen Wert auf eine feierliche Beisetzung.

Sie brachte alles an: verletzte Vögel, Schnecken, Käfer. Es schien fast nichts zu geben vor dem sie Angst haben könnte. Lediglich Eulen fürchtete sie. Ich weiß nicht warum, doch sie behauptete oft, dass Eulen in der Nacht durch ihren Rollladen schauen könnten.

Lilly liebte es, Märchen zu hören. Doch die Geschichte der kleinen Seejungfrau gefiel ihr nicht.

Ich erinnere mich daran wie sie sagte, dass sie niemals ihre Stimme für einen Prinzen würde weggeben wollen.

Geradezu entsetzt hatte sie gefragt, ob denn ich so etwas jemals machen würde.

Um sie zu beruhigen hatte ich ihr, ohne jedoch zuvor hinreichend gründlich über diese Frage nachgedacht zu haben, zugesichert, dass auch ich in diesem Fall einen anderen Prinzen für mich ausgewählt hätte.
Erleichtert hatte sie mir beigepflichtet: „Ja, einen mit ´ner Flosse!" war ihre ebenso weise wie pragmatische Antwort gewesen.
Was hätte ich gemacht? Schwer zu sagen. Doch für Lilly war der Fall klar. Das Pragmatische stand dabei keinesfalls in einem Gegensatz zu ihrem Sinn für die Magie.

Zu diesem Zeitpunkt ihres Lebens zumindest, noch nicht.
Als sie erwachsen wurde und zum kalten Beginn des letzten Jahrzehnts fort ging, konnte ich mich nicht mehr länger auf ihre Einschätzung der Lage verlassen.
Vielmehr musste ich beginnen, mir selbst Gedanken zu all den Dingen zu machen, auf die Lilly so schnelle und präzise Antworten gewusst hatte.

Es war weitaus schwieriger als ich befürchtet hatte. Wie eine in der Kälte gefangene, erstarrte Schneekönigin saß ich nach ihrem Weggang regungslos vor mich hin.

Aber eines Nachts im März, ich war aus dem Schlaf hoch geschreckt da ich mir sicher war, von einer Eule durch den Rollladen beobachtet worden zu sein, wusste ich alle meine Fragen mit einem Mal beantwortet.
Erzählt habe ich niemandem davon. Eulen sind nicht nachtragend. Doch schätzen sie Geschwätzigkeit zu keiner Zeit.

Der Weltmensch

Es war an einem der Weihnachtsabende meiner Kindheit auf dem Schäferhof.

Die Nacht war klar, und die Sterne leuchteten so hell, wie ich es als Erwachsener niemals später wieder gesehen hatte - das war eine der berühmten *„augenklaren"* Nächte meiner Kindheit, über die mir mein Großvater Gottlieb gern zu erzählen pflegte.

In *„augenklaren"* Nächten können, dies hatte er mir versichert, unerklärliche Dinge passieren.

Wünsche können sich erfüllen, und Menschen können Dinge sehen, die normalerweise unsichtbar sind. Das habe ich nie vergessen.

Dies wird nun vermutlich mein letztes Weihnachtsfest sein. Nicht, dass ich mir jemals etwas aus kirchlichen Feiertagen gemacht hätte. Seit dem Weihnachtsfest an welchem sich der Weihnachtsmann als unser Knecht Johann herausgestellt hatte, war mir der Glaube unwiderbringlich abhandengekommen.

Doch nun, da ich ein alter Mann bin, stimmt mich das alles etwas nachdenklich.

Mein Vater pflegte mich schon als Kind häufig verzweifelt einen *„Weltmenschen"* zu nennen, was mich mit innerer Genugtuung erfüllte.

Er verstand nicht, dass ich nicht an einen Gott glaubte. Er, der er mir die Jesuslegende vom *„Lamm Gottes"* ein Leben lang vorgelebt hat, so wie bereits mein Großvater Gottlieb, den ich oft mit der Herde begleitet hatte.

Den Großvater mochte ich besonders. Er lachte, wenn mein Vater sich bei ihm über meine frühe Gottlosigkeit beschwerte, und meinte dann nur: *„Die Kienboomschen Jungens trecken all."* Außer ihm hat das keiner verstanden.

Mit mir spielte er sehr gern. Wenn er am Ofen saß, dann durfte ich an seinen großen Beinen schaukeln und Turnübungen machen.

Er erzählte oft mit innerer Genugtuung, dass *„alle seine Vorfahren Schäfer waren, so weit als wie einer denken kann."*

Einmal zeigte er mir die interessanten Kiebitze und ihre Nester, die schutzlos auf der Erde waren.

Da stellte er dann den Hund an ein Nest, damit es die Schafe nicht zertreten sollten.

Beim Schafehüten erfuhr ich manch spannende Geschichte, z.B. wie man den Teufel in einem Quirlwind sehen könne, wenn man schnell die Jacke ausziehe, den Schäferstock durch einen Ärmel stecke und durchgucke.

Er berichtete von Katzen und Hunden, die sich einsam in den Wäldern herumtrieben, in denen sich verhexte Menschen befänden, und von dem kopflosen Mann, der im Kreuzdorn an der Weggabelung haust.

Während des Hütens strickte er Strümpfe. Die Schafwolle spann er selbst beim Gehen, die ungesponnene Wolle im Gürtel tragend, dazu eine herunterhängende Spule, die mittels einer unten daran befestigten halben Kartoffel als Schwunggrad in rotierende Bewegung gesetzt wurde.

Für uns war es immer Zeit die Herde nach Hause zu bringen, wenn die Sonne *„mannshoch"* stand, und so half ich ihm, den Leithammel und die Herde mit einem entschlossenen *„schiep, schiep"*anzutreiben, obwohl ich es immer schade fand, wenn ein Schäfertag mit ihm zuende ging.

Großvater Gottliebs Wunschtraum war, einmal auf dem Schäferhof begraben zu werden, so dass die Lämmer über sein Grab hüpfen sollten.

Und als man schließlich mit seinem Tod rechnen konnte, lud ihn die Großmutter ein, doch noch einmal mit zum Abendmahl zu gehen. Da antwortete der Großvater ganz selbstverständlich:

„Ach, Wein haben wir ja, und Brot hat uns die Carline geschickt. Ich gehe nicht zum Abendmahl."
Mit dem Brot und dem Wein hat er sich dann in den Schafstall gesetzt und geschwiegen.

Der Tod beunruhigte ihn keineswegs. Im Gegenteil, er musste ihm wie etwas Versöhnendes, Harmonisches erscheinen, wie aus einer letzten Vision, die er hatte, geschlossen werden kann.

Er lag, wohl nicht mehr ganz bei Bewusstsein, und sah plötzlich und unvermittelt aufmerksam nach dem Ofen.
Auf die Frage der Angehörigen, was denn wäre, antwortete er:
„Sie sind auch schon da!"
Großmutter fragte: *„Wer denn?"*
„Na, die Engel",
sagte der Großvater ruhig.

Jetzt, da ich meinem Ende ins Auge sehe, und ein bewegtes Leben hinter mir liegt, ein Leben in welchem ich die Sprachen, die Philosophie und die Rechtswissenschaften studieren durfte, in dem ich die Welt bereisen, und die Frauen kennenlernen konnte, ein Leben voller Theater, Musik, Kunst und Tanz muss ich dennoch zugeben, dass ich, obwohl es mich immer ein wenig stolz gemacht hat, ein „Weltmensch" zu sein, manchmal gerne ein wenig wie mein Großvater Gottlieb gewesen wäre.

Und obgleich ich durch meine Kindheit auf dem Schäferhof wirklich von ihm hätte lernen können, habe ich es nicht getan.

Nicht bei den wirklich wichtigen Dingen. Das sehe ich jetzt ganz klar denn ich habe niemals mehr jemanden gekannt, der so wie er zu leben verstanden hat.

Sollte es in meinem Leben noch einmal eine augenklare Nacht geben, so weiß ich, was ich mir wünschen werde.

Doch, verehrter Leser, lassen Sie mich hiermit schließen.

Ich bin etwas müde geworden und möchte noch etwas die Sterne betrachten, bevor ich zu Bett gehe.

Claudia J. Schulze

Studium der *Literaturwissenschaften, Psychologie, Kognitionswissenschaften* und *Philosophie* in Freiburg,
Zürich, Karlsruhe und Konstanz. Abschluss in Pädagogischer Psychologie mit Literatur-Didaktik, Promotion in Freiburg.

Redaktionsmitglied der Literaturzeitschrift *WANDLER*

Mitglied der *Konstanzer Autorengruppe „Literarisches Café"* und des *Steinbachensembles* (Baden Baden)
Veröffentlichung mehrerer Kurzgeschichten sowie Lyrik und Auszüge längerer Erzählungen in unterschiedlichen Literatur-Zeitschriften in Deutschland, Österreich und der Schweiz (Wandler, cet, Am Zeitstrand, decision, Anthologien wie die Bibliothek deutschsprachiger Gedichte,
Hörbücher (In den Schuhen der Welt, Nachtflüge) Print- & Online-Veröffentlichungen, Print-On-Demand.
Autorengruppen in sozialen Netzwerken mit Veröffentlichungen
Veröffentlichung mehrerer Rezensionen (Print- und Online), Bibliothek deutschsprachiger Gedichte, Slam Poetries, zahlreiche Autorengruppen und Literatur-Blogs.